AS CRÔNICAS MARCIANAS

AS CRÔNICAS MARCIANAS

RAY BRADBURY

tradução:
Ana Ban

apresentação:
Jorge Luis Borges

2ª edição

BIBLIOTECA AZUL

Copyright © 1950, renewed 1977 by Ray Bradbury
Copyright da tradução © 2005 by Editora Globo S. A.
Copyright da apresentação © 1995 by Maria Kodama

Todos os direitos reservados. Nenhuma parte desta edição pode ser utilizada ou reproduzida – em qualquer meio ou forma, seja mecânico ou eletrônico, fotocópia, gravação etc. – nem apropriada ou estocada em sistema de banco de dados sem a expressa autorização da editora.

Texto fixado conforme as regras do novo Acordo Ortográfico da Língua Portuguesa (Decreto Legislativo nº 54, de 1995).

Título original:
The Martian Chronicles

Editor responsável: Ana Lima Cecilio
Editor assistente: Erika Nogueira Vieira
Revisão da segunda edição: Fábio Bonillo
Paginação: Alves e Miranda Editorial
Capa: Delfin [Studio DelRey]
Foto da orelha: Ray Bradbury em julho de 1978,
© Corbis Sygma / Stock Photos

1ª edição, 2005
2ª edição, 2013 - 5ª reimpressão, 2024

CIP-BRASIL. CATALOGAÇÃO NA PUBLICAÇÃOSINDICATO
NACIONAL DOS EDITORES DE LIVROS, RJ

B79c
Bradbury, Ray
As crônicas marcianas / Ray Bradbury ; tradução Ana Ban ; apresentação Jorge Luis Borges. - [2. ed.] - São Paulo : Globo, 2013. 294 p. ; 21 cm.

Tradução de: The Martian Chronicles
ISBN 978-85-250-5555-2

1. Ficção americana. I. Ban, Ana. II. Título.

13-05824
CDD: 813
CDU: 821.111(73)-3

Direitos de edição em língua portuguesa para o Brasil
adquiridos por Editora Globo S.A.
Rua Marquês de Pombal, 25 — 20230-240 — Rio de Janeiro — RJ
www.globolivros.com.br

SUMÁRIO

Apresentação, *por Jorge Luis Borges* 7
As crônicas marcianas 11
Sobre o autor 291

APRESENTAÇÃO*

por Jorge Luis Borges

No SEGUNDO SÉCULO DE NOSSA ERA, Luciano de Samósata compôs uma *História verídica*, que encerra, entre outras maravilhas, uma descrição dos selenitas, os quais (segundo o verídico historiador) fiam e cardam os metais e o vidro, tiram e põem os olhos, bebem sumo de ar ou ar espremido; em princípios do século XVI, Ludovico Ariosto imaginou que um paladino descobre na Lua tudo o que se perde na Terra, as lágrimas e os suspiros dos amantes, o tempo desperdiçado no jogo, os projetos inúteis e os anseios insatisfeitos; no século XVII, Kepler redigiu um *Somnium astronomicum*, que finge ser a transcrição de um livro lido em um sonho, cujas páginas prolixamente revelam a conformação e os hábitos das serpentes da Lua, que durante os ardores do dia abrigam-se em profundas cavernas, saindo ao entardecer. Entre a primeira e a segunda dessas viagens imaginárias, há mil e trezentos anos, e entre a segunda e a terceira, uns cem; as duas primeiras são, não obstante, inven-

---

* Este texto faz parte de *Prólogos com um prólogo de prólogos*, publicado em *Obras completas*, volume IV (São Paulo, Globo, 1999), com tradução de Josely Vianna Baptista.

ções irresponsáveis e livros, e a terceira parece entorpecida por um afã de verossimilhança. A razão é clara. Para Luciano e para Ariosto, uma viagem à Lua era símbolo ou arquétipo do impossível, como os cisnes de plumagem negra para o latino; para Kepler, já era uma possibilidade, como para nós. Pois não foi nessa época que publicou John Wilkins, inventor de uma língua universal, seu *Descobrimento de um mundo na Lua, discurso tendente a demonstrar que pode haver outro mundo habitável naquele planeta*, com um apêndice intitulado "Discurso sobre a possibilidade de uma travessia"? Nas *Noites áticas* de Aulo Gélio lê-se que Arquitas, o pitagórico, fabricou uma pomba de madeira que andava pelo ar; Wilkins prediz que um veículo de mecanismo análogo ou parecido nos levará, algum dia, à Lua.

Por seu caráter de antecipação de um futuro possível ou provável, o *Somnium astronomicum* prefigura, se não me engano, o novo gênero narrativo que os americanos do Norte denominam *science-fiction* ou *scientifiction*,[1] e do qual são admirável exemplo estas *Crônicas*. Seu tema é a conquista e a colonização do planeta. Essa árdua empresa dos homens futuros parece destinada à época, mas Ray Bradbury preferiu (sem se propor, talvez, e por secreta inspiração de seu gênio) um tom elegíaco. Os marcianos, que no início do livro são espantosos, merecem sua piedade quando a aniquilação os alcança. Vencem os homens, e o autor não se alegra com sua vitória. Anuncia com tristeza e desengano a futura expansão da linhagem humana sobre o planeta vermelho — que sua profecia nos revela como um deserto de vaga areia azul, com ruínas de cidades axadrezadas e ocasos amarelos e antigos barcos para andar pela areia.

1. *Scientifiction* é um monstro verbal em que se amalgamam o adjetivo *scientific* e o substantivo *fiction*. Jocosamente, o idioma espanhol costuma recorrer a formações análogas; Marcelo del Mazo falou das orquestras de *gríngaros* (gringos + zíngaros), e Paul Groussac, das "japonecedades" que obstruíam o museu dos Goncourt.

Outros autores estampam uma data vindoura, e não acreditamos neles, porque sabemos que se trata de uma convenção literária; Bradbury escreve 2004 e sentimos a gravitação, o cansaço, a vasta e vaga acumulação do passado — o *dark backward and abysm of Time* do verso de Shakespeare. O Renascimento já observou, pela boca de Giordano Bruno e de Bacon, que os verdadeiros antigos somos nós, não os homens do Gênesis ou de Homero.

O que fez esse homem de Illinois, pergunto-me, ao fechar as páginas de seu livro, para que episódios da conquista de outro planeta povoem-me de terror e solidão? Como podem tocar-me essas fantasias, e de modo tão íntimo?

Toda literatura (atrevo-me a responder) é simbólica; há poucas experiências fundamentais, e é indiferente que um escritor, para transmiti-las, recorra ao "fantástico" ou ao "real", a Macbeth ou a Raskólnikov, à invasão da Bélgica em agosto de 1914 ou a uma invasão de Marte. O que importa o romance, ou o romanesco, da *science-fiction*? Neste livro de aparência fantasmagórica, Bradbury colocou seus longos domingos vazios, seu tédio americano, sua solidão, como fez Sinclair Lewis em *Main Street*.

Talvez "A terceira expedição" seja a história mais alarmante deste volume. Seu horror (suponho) é metafísico; a incerteza sobre a identidade dos hóspedes do capitão John Black insinua incomodamente que tampouco sabemos quem somos nem como é, para Deus, nossa face. Quero, ainda, destacar o episódio intitulado "O marciano", que encerra uma patética variante do mito de Proteu.

Por volta de 1909, li, com fascinada angústia, no crepúsculo de uma casa grande que já não existe, *Os primeiros homens na Lua*, de Wells. Em virtude destas *Crônicas*, de concepção e execução muito diversa, foi-me dado reviver, nos últimos dias do outono de 1954, aqueles deleitáveis terrores.

Ray Bradbury: *Crónicas marcianas*. Prólogo de J. L. B. Buenos Aires, Ediciones Minotauro, 1955.

Pós-escrito de 1974

Releio com imprevista admiração os *Contos do grotesco e arabesco* (1840), de Poe, tão superiores, em conjunto, a cada um dos textos que os compõem. Bradbury é herdeiro da vasta imaginação do mestre, mas não de seu estilo interjetivo e às vezes tremebundo. Lamentavelmente, não podemos dizer o mesmo de Lovecraft.

AS CRÔNICAS MARCIANAS

*Para minha mulher Marguerite,
com todo o meu amor.*

"*É sempre bom renovar nosso senso de espanto*", disse o filósofo. "*As viagens espaciais nos transformam em crianças novamente.*"

CRONOLOGIA

Janeiro de 1999:	O VERÃO DO FOGUETE............	19
Fevereiro de 1999:	YLLA...........................	21
Agosto de 1999:	A NOITE DE VERÃO...............	39
Agosto de 1999:	OS HOMENS DA TERRA.............	43
Março de 2000:	O CONTRIBUINTE.................	65
Abril de 2000:	A TERCEIRA EXPEDIÇÃO............	67
Junho de 2001:	... E A LUA CONTINUA BRILHANDO....	90
Agosto de 2001:	OS COLONIZADORES...............	124
Dezembro de 2001:	A MANHÃ VERDE..................	126
Fevereiro de 2002:	OS GAFANHOTOS.................	133
Agosto de 2002:	ENCONTRO NOTURNO..............	135
Outubro de 2002:	A PRAIA........................	147
Fevereiro de 2003:	INTERMÉDIO.....................	149
Abril de 2003:	OS MÚSICOS.....................	150
Junho de 2003:	FLUTUANDO NO ESPAÇO............	153
2004-2005:	A ESCOLHA DOS NOMES............	172
Abril de 2005:	USHER II.......................	174
Agosto de 2005:	OS VELHOS......................	196
Setembro de 2005:	O MARCIANO....................	197
Novembro de 2005:	A LOJA DE MALAS................	215
Novembro de 2005:	A BAIXA ESTAÇÃO................	217
Novembro de 2005:	OS OBSERVADORES...............	234
Dezembro de 2005:	AS CIDADES SILENCIOSAS...........	237
Abril de 2026:	OS LONGOS ANOS.................	252
Agosto de 2026:	CHUVAS LEVES VIRÃO.............	268
Outubro de 2026:	O PIQUENIQUE DE UM MILHÃO DE ANOS........................	271

JANEIRO DE 1999

O VERÃO DO FOGUETE

UM MINUTO ANTES, era inverno em Ohio, as portas fechadas, as janelas trancadas, as vidraças embaçadas pela geada, pingentes de gelo em todos os telhados, crianças andando de trenó nas colinas, donas de casa parecidas com enormes ursos-negros, andando com dificuldade pelas ruas geladas com seus casacos de pele. Em seguida, uma longa onda de calor cruzou a cidadezinha. Um maremoto de ar quente; como se alguém tivesse deixado aberta a porta do forno de uma padaria. O calor pulsou entre as casinhas, os arbustos e as crianças. Os pingentes de gelo se soltaram, despedaçaram-se, derreteram. As portas se escancararam. As janelas se abriram. As crianças se livraram das roupas de lã. As donas de casa tiraram as fantasias de urso. A neve se derreteu e revelou os gramados verdes do verão anterior.
O verão do foguete. As palavras correram de boca em boca nas casas abertas e ventiladas. *O verão do foguete*. O ar quente do deserto redesenhou os cristais de gelo nas janelas, apagando as obras de arte. De repente, os esquis e os trenós tornaram-se inúteis. A neve, que caía do céu gelado sobre a cidade, transformou-se em chuva quente antes de tocar o solo.

O verão do foguete. As pessoas se debruçavam nas varandas gotejantes e observavam o céu avermelhado. O foguete estava no campo de lançamento, e emitia nuvens quentes de fumaça cor-de-rosa. O foguete ficou lá, naquela manhã fria de inverno, criando verão com cada descarga de seus poderosos propulsores. O foguete trouxe tempo bom, e o verão se instalou por sobre os campos por um breve momento...

FEVEREIRO DE 1999

YLLA

No planeta Marte, à margem de um mar morto, havia uma casa com pilastras de cristal, e a cada manhã era possível ver a senhora K saboreando os frutos dourados que cresciam das paredes de cristal, ou limpando a casa com punhados de poeira magnética que se grudava à sujeira e se dispersava depois no vento morno. À tarde, quando o mar fossilizado ficava quente e imóvel, as videiras se enrijeciam no quintal e a pequena e distante cidade marciana de ossos se fechava toda, sem ninguém porta afora, era possível ver o próprio senhor K em sua sala, lendo um livro de metal com hieróglifos em relevo sobre os quais passava a mão, como quem toca uma harpa. E do livro, à medida que seus dedos o percorriam, cantava uma voz, uma voz antiga e suave, que contava histórias de quando o mar banhava o litoral com um vapor vermelho e os homens punham em combate nuvens de insetos de metal e de aranhas elétricas.

O senhor e a senhora K moravam nas proximidades do mar morto havia vinte anos, e seus ancestrais tinham morado na mesma casa, que, como um girassol, se virava acompanhando o sol por dez séculos.

O senhor e a senhora K não eram velhos. Tinham a pele clara e amarronzada dos autênticos marcianos, os olhos de moeda amarelos, a voz suave e musical. No passado, gostavam de pintar quadros com fogo químico, nadar nos canais nas estações em que as videiras os enchiam de licores esverdeados e conversar até o amanhecer ao lado dos retratos azuis fosforescentes na sala de estar.

Agora não eram felizes.

Naquela manhã, a senhora K ficou parada entre as pilastras, escutando o calor das areias do deserto derretê-las em cera amarela, aparentemente escorrendo para o horizonte.

Alguma coisa estava prestes a acontecer.

Observava o céu azul de Marte como se a qualquer momento ele se apertasse, contraísse e expelisse algo brilhante e milagroso sobre a areia.

Nada aconteceu.

Cansada de esperar, caminhou através das pilastras enevoadas. Uma chuva suave começou a derramar do alto, refrescava o ar ressecado e caía com suavidade sobre sua pele. Nos dias quentes, era como caminhar dentro de um riacho. O assoalho da casa brilhava com os filetes de água refrescante. À distância, ouvia o marido tocando seu livro em ritmo constante, os dedos nunca se cansavam das antigas canções. Em silêncio, desejou que algum dia ele tornasse a abraçá-la e a tocá-la como uma harpa, por tanto tempo quanto dedicava a seus livros incríveis.

Mas não. Ela sacudiu a cabeça, deu de ombros de modo imperceptível e complacente. Suas pálpebras se fecharam suavemente sobre os olhos dourados. O casamento deixava as pessoas velhas e acomodadas, apesar de jovens.

Recostou-se em uma cadeira que se moldava a seu corpo, mesmo em movimento. Apertou com força os olhos, nervosa.

O sonho veio.

Os dedos castanhos tremeram, ergueram-se, agarraram o ar. No instante seguinte, endireitou-se assustada, arfando. Deu uma olhada rápida à sua volta, como se imaginasse alguém ali na sua frente. Pareceu decepcionada: o espaço entre as pilastras estava vazio.

O marido surgiu em uma porta triangular.

— Você chamou? — perguntou, irritado.

— Não! — exclamou.

— Achei que ouvi você gritar.

— É mesmo? Eu estava quase dormindo e tive um sonho!

— Durante o dia? Não é seu costume.

Ela continuava sentada, como se tivesse sido esbofeteada pelo sonho.

— Estranho, muito estranho — murmurou. — O sonho.

— Ah? — Estava bem claro que ele queria voltar ao livro.

— Sonhei com um homem.

— Um homem?

— Um homem alto, de um metro e oitenta e cinco.

— Que absurdo. Um gigante, um gigante deformado.

— Mas é que ele... — foi procurando as palavras — parecia normal. Apesar de ser tão alto. E tinha... ah, sei que você vai achar uma bobagem, mas ele tinha olhos *azuis*!

— Olhos azuis! Deuses! — exclamou o senhor K. — O que mais você sonhou? Será que seu cabelo era *preto*?

— Como foi que você *adivinhou*? — Ela estava animada.

— Escolhi a cor mais improvável — respondeu com frieza.

— Mas era preto mesmo! — ela disse. — E a pele era muito branca; ele era mesmo *muito* fora do comum! Usava um uniforme muito estranho quando desceu do céu e conversou, simpático, comigo. — Sorriu.

— Desceu do céu; quanto absurdo!

— Ele chegou em uma coisa de metal que brilhava ao sol — ela se lembrou. Fechou os olhos para evocá-lo mais uma vez. — Sonhei que havia alguma coisa no céu que brilhava como uma moeda atirada ao ar, que de repente ficou grande e desceu com suavidade: uma nave prateada e comprida, arredondada e estranha. Uma porta se abriu na lateral do objeto prateado e aquele homem alto saiu.

— Se você trabalhasse mais, não teria sonhos tolos como este.

— Mas gostei bastante dele — ela respondeu, recostando-se.

— Nunca imaginei ter tanta imaginação. Cabelos pretos, olhos azuis e pele branca! Que homem estranho e, mesmo assim... bem bonito.

— Quem lhe dera.

— Você não está sendo gentil. Não pensei nele de propósito: simplesmente apareceu na minha mente enquanto eu cochilava. Nem parecia um sonho. Foi tão inesperado e diferente... Ele olhou para mim e disse: "Venho do terceiro planeta a bordo de minha nave. Meu nome é Nathaniel York...".

— Que nome idiota, isso não é nome — reclamou o marido.

— Claro que é idiota, porque é um sonho — ela explicou, amável. — E ele ainda disse: "Esta é a primeira viagem através do espaço. Somos apenas dois na nave, eu e meu amigo Bert".

— *Outro* nome idiota.

— Ele acrescentou: "Viemos de uma cidade na *Terra*; assim se chama nosso planeta" — prosseguiu a senhora K. — Foi o que disse, Terra, esse o nome que mencionou. E falou em outra língua. Mas, de algum modo, o compreendi com minha mente. Creio que foi telepatia.

O senhor K virou-se para sair. Ela o deteve dizendo:

— Yll? — chamou baixinho. — Alguma vez você já pensou se... se *existem* pessoas vivendo no terceiro planeta?

— O terceiro planeta é incapaz de sustentar vida — afirmou o marido, paciente. — Nossos cientistas disseram que há oxigênio demais naquela atmosfera.

— Mas não seria fascinante se existissem pessoas? E se viajassem pelo espaço usando alguma espécie de nave?

— Ora, Ylla, você sabe que detesto esses seus choramingos emocionais. Vamos retomar o trabalho?

O dia já avançava quando ela começou a cantar enquanto se movimentava entre as pilastras sussurrantes de chuva. Cantou e cantou repetidas vezes.

— Que música é essa? — o marido irrompeu, sentando-se à mesa de fogo.

— Não sei. — Ela ergueu os olhos, surpresa consigo mesma. Incrédula, colocou a mão na boca. O sol estava se pondo. A casa se fechava, como uma flor gigante, à medida que a luz ia definhando. O vento soprou por entre as pilastras; a brilhante superfície de lava prateada da mesa de fogo borbulhou. O vento desgrenhou seu cabelo cor de brasa, sussurrando suavemente em seus ouvidos. Ela ficou lá em silêncio, com os olhos fixos na enorme extensão amarelada do leito do mar, como se estivesse se lembrando de algo, os olhos amarelos plácidos e úmidos. — *Drink to me only with thine eyes, and I will pledge with mine* — cantarolou suave, bem devagar. — *Or leave a kiss within the cup, and I'll not look for wine** — murmurou, movendo as mãos pelo vento com muita leveza, os olhos fechados. Terminou a canção.

Era muito linda.

*Canção tradicional. Tradução livre: "Beba para mim apenas com seus olhos, e eu me comprometerei com os meus/ Ou deixe um beijo no copo, e eu não vou querer vinho". (N. T.)

— Nunca tinha ouvido esta música. É sua? — ele quis saber, fitando-a atentamente.
— Não. Sim. Não, para falar a verdade, não sei! — hesitou, nervosa. — Nem sei o que estas palavras querem dizer; são em outra língua!
— Que língua?
Entorpecida, foi largando pedacinhos de carne na lava fervente.
— Não sei. — Tirou a carne um instante depois, cozida, arranjada em um prato para ele. — É só uma maluquice que inventei, acho. Não sei por quê.
Ele não disse nada. Ficou observando enquanto ela mergulhava os pedaços de carne na superfície de fogo que chiava. O sol tinha se posto. Lenta, muito lentamente, a noite caiu e preencheu a sala, engolindo as pilastras e os dois, como um vinho escuro derramado do teto. Apenas o brilho prateado da lava iluminava os rostos.

Ela cantarolou a estranha canção mais uma vez.

Na mesma hora, ele se levantou da cadeira de um salto e saiu da sala, irritado.

Mais tarde, sozinho, terminou de jantar.

Quando acordou, espreguiçou-se, olhou para ela e sugeriu, bocejando:

— Vamos levar os pássaros de fogo à cidade hoje para nos divertir um pouco.

— Você está falando *sério*? — ela perguntou. — Você está se sentindo bem?

— Por que o espanto?

— Faz seis meses que não saímos!

— Acho que é uma boa ideia.

— De repente, você ficou todo solícito — ela disse.

— Não fale assim — ele retrucou, irritado. — Você quer ir ou não?

Ela olhou para o deserto pálido. As luas gêmeas brancas estavam nascendo. Água fria escorria suavemente em volta de seus pés. Ela começou a tremer um pouquinho. Queria muito ficar ali sentada, quieta, sem fazer barulho, sem se mexer até que aquela coisa acontecesse, aquela coisa por que tinha esperado o dia inteiro, aquela coisa que não poderia acontecer, mas quem sabe? Uma canção passou por sua mente.

— Eu...

— Vai lhe fazer bem — ele insistiu. — Vamos lá.

— Estou cansada — disse. — Quem sabe outra noite?

— Aqui está o seu lenço. — Entregou-lhe uma ampola. — Faz meses que não vamos a lugar nenhum.

— Mas você vai duas vezes por semana para a cidade de Xi.

— Ela não queria encará-lo.

— Negócios — respondeu.

— Ah? — Sussurrou para si mesma.

Um líquido saiu da ampola e se transformou em uma névoa azul que ondulava ao redor do pescoço dela.

Os pássaros de fogo esperavam, brilhando como brasas sobre as areias frescas e fofas. A liteira branca balançava ao sabor do vento noturno, farfalhando de leve, amarrada aos pássaros com mil fitinhas verdes.

Ylla se recostou na liteira e, com uma palavra do marido, os pássaros se impulsionaram, ardentes, em direção ao céu escuro. As fitas se retesaram, a liteira se ergueu. A areia deslizava por baixo deles uivando, colinas azuis passavam uma depois da outra, deixando a casa, as pilastras chuvosas, as flores enjauladas, os livros cantantes, os riachos gorgolejantes do assoalho para trás. Ela não olhava para o marido. Ouvia quando ele gritava com os pássaros, que iam subindo cada vez mais, igual a dez mil faíscas ardentes, tantos fogos de artifício vermelho-amarelados no céu, puxando a liteira como se fosse uma pétala de flor, queimando através do vento.

Ela não viu as cidades mortas, antigas, quadriculadas, que deslizavam lá embaixo, os velhos canais cheios de solidão e sonhos.

Eles voaram como uma sombra da lua, como uma tocha queimando, passando por rios e lagos ressecados.

Ela só olhava para o céu.

O marido falou.

Ela olhava para o céu.

— Você ouviu o que eu disse?

— O quê?

Ele suspirou.

— Você devia prestar atenção.

— Eu estava pensando.

— Nunca achei que você fosse amante da natureza, mas parece que está muito interessada no céu hoje — ele disse.

— Está muito bonito.

— Que tal — disse o marido, lentamente — ligar para Hulle à noite? Queria conversar com ele a respeito de passarmos um tempo, ah, só uma semana, mais ou menos, nas Montanhas Azuis. É só uma ideia...

— As Montanhas Azuis! — Ela se segurou na beirada da liteira com uma mão e virou-se de supetão para ele.

— Foi só uma sugestão.

— Quando é que você quer ir? — ela perguntou, tremendo.

— Achei que poderíamos sair amanhã pela manhã. Ir cedo e tudo o mais — disse, como quem não quer nada.

— Mas *nunca* vamos nesta época do ano, parece muito cedo!

— Achei que só desta vez... — Ele sorriu. — Vai ser bom passar um tempo fora. Ter um pouco de paz e sossego. Sabe como é. Você não tem *outra* coisa programada, tem? Vamos, não vamos?

Ela respirou fundo, esperou, e então respondeu:

— Não.

— O quê? — O grito dele assustou os pássaros. A liteira balançou.

— Não — ela disse, com firmeza. — Está decidido. Eu não vou.

Ele a encarou. Não se falaram mais depois. Ela se virou para o outro lado.

Os pássaros continuavam a voar, dez mil tições pelo vento.

Ao amanhecer, o sol, através das pilastras de cristal, derreteu a névoa que sustentava Ylla enquanto dormia. Ela tinha ficado flutuando a noite toda sobre o assoalho, protegida pelo tapete macio de neblina que brotou das paredes quando ela se deitou para descansar. Dormiu a noite inteira naquele rio silencioso, como um barco sobre a maré calma. Agora a névoa se dissipava, e o nível de neblina foi baixando até ela ser depositada no porto do despertar.

Abriu os olhos.

O marido estava em pé ao seu lado. Parecia estar ali havia horas, observando. Ela não sabia por que, mas não conseguia olhá-lo nos olhos.

— Você andou sonhando de novo! — ele disse. — Falou alto e não me deixou dormir. Acho *mesmo* que você deveria ver um médico.

— Eu vou ficar bem.

— Você falou muito enquanto dormia!

— Falei? — Ela começou a se levantar.

O amanhecer era frio no quarto. Uma luz cinzenta a envolvia.

— O que você sonhou?

Ela teve de pensar um instante para conseguir lembrar.

— A nave. Ela veio do céu de novo, pousou, e o homem alto saiu de dentro dela e falou comigo, contando piadas, rindo. Foi agradável.

O senhor K tocou em uma pilastra. Jorros de água morna se ergueram, fumegando; o frio desapareceu do quarto. O rosto do senhor K estava impassível.

— E então — ela disse —, aquele homem, que disse ter um nome estranho, Nathaniel York, disse que eu era bonita e... e me beijou.

— Ah! — exclamou o marido, virando-se com violência, o maxilar apertado com força.

— Foi só um sonho — disse, divertida.

— Guarde seus sonhos tolos de mulherzinha para si!

— Você está agindo como criança. — Ela voltou a se deitar sobre o pouco que sobrava da névoa química. Depois de um momento, começou a rir baixinho. — Lembrei de *mais* uma coisa do sonho — confessou.

— E o que é que foi, o que é que *foi*? — ele gritou.

— Yll, como você é mal-humorado.

— Fale! — ele exigiu. — Você não pode esconder nada de mim! — O rosto dele estava sombrio e rígido enquanto a olhava de cima.

— Nunca o vi assim — ela disse, meio chocada, meio divertida. — Só aconteceu que esse tal de Nathaniel York me disse... bom, ele disse que ia me levar para a nave, para o céu, e me levar até o planeta dele. Foi mesmo muito ridículo.

— Ridículo, no mínimo! — ele quase berrou. — Você tinha de ter ouvido a si mesma, jogando-se para cima dele, conversando com ele, cantando com ele, oh deuses, a noite toda; você tinha de ter se *ouvido!*

— Yll!

— Quando é que ele chega? Onde é que vai pousar com a porcaria da nave?

— Yll, fale mais baixo.

— Meu tom de voz que se dane! — Ele se inclinou por cima dela de supetão. — E *nesse* sonho aí — agarrou o pulso dela —, por acaso a nave pousou no Vale Verde, *pousou?* Responda!

— Foi mesmo...

— E pousou hoje à tarde, não foi? — ele não a soltava.

— Sim, acho que sim, é, mas não passa de um sonho!

— Bom — ele largou a mão dela com rudeza. — Tomara que você esteja falando a verdade! Ouvi cada palavra que você disse no sonho. Você mencionou o vale e o horário. — Ofegante, ele saiu caminhando por entre as pilastras como um homem cego por um raio.

Lentamente, sua respiração foi voltando ao normal. Ela o encarou como se ele estivesse louco. Afinal, se levantou e foi até ele.

— Yll — sussurrou.

— Está tudo bem.

— Você está doente.

— Não. — Forçou um sorriso cansado. — Foi só uma criancice. Perdoe-me, querida. — Ele tocou-a de um modo desajeitado. — Ando trabalhando demais ultimamente. Desculpe. Acho que vou me deitar um pouco...

— Você estava exaltado demais.

— Agora estou bem. Ótimo — suspirou. — Vamos esquecer. Sabe, ontem ouvi uma piada sobre Uel, e queria contar para você. O que você acha de preparar o café da manhã, eu conto a piada, e a gente não fala mais neste assunto?

— Foi só um sonho.

— Claro que sim. — Beijou o rosto dela de uma maneira mecânica. — Só um sonho.

Ao meio-dia, o sol estava alto e quente e as montanhas bruxuleavam à distância.

— Você vai para a cidade? — perguntou Ylla.
— A cidade? — ele ergueu o cenho um pouco.
— Hoje é o dia que você *sempre* vai. — Ajustou uma jaula de flor em cima do pedestal. As flores se agitaram, abrindo as bocas amarelas e famintas.

Ele fechou o livro.
— Não. Está quente demais, e já ficou tarde.
— Ah. — Ela terminou a tarefa e se dirigiu para a porta. — Bom, eu volto logo.
— Espere! Aonde você vai?

Ela já estava na porta.
— Vou à casa da Pao. Fui convidada.
— Hoje?
— Faz muito tempo que não nos vemos. E é pertinho.
— É lá no Vale Verde, não é?
— Isso mesmo, vou a pé, não é longe, achei que... — apressou-se em dizer.
— Desculpe, desculpe de verdade — ele disse, correndo para trazê-la de volta, parecendo bastante preocupado por ter esquecido. — Não me lembrei de avisá-la. Convidei o doutor Nlle para vir aqui hoje à tarde.
— O doutor Nlle! — ela exclamou, saindo pela porta.

Ele a pegou pelo cotovelo e puxou para dentro.
— Isso mesmo.
— Mas Pao...

— Pao pode esperar, Ylla. Precisamos dar atenção a Nlle.
— Só alguns minutos...
— Não, Ylla.
— Não?
Ele sacudiu a cabeça.
— Não. Além disso, é uma boa caminhada até a casa da Pao. Tem de atravessar todo o Vale Verde e depois passar o Grande Canal e descer, certo? E vai estar muito, muito quente, e o doutor Nlle vai ficar muito feliz em vê-la. Certo?

Ela não respondeu. Queria se soltar e sair correndo. Queria gritar. Mas ficou lá sentada na cadeira, mexendo os dedos devagar, observando-os impassível, sentindo-se encurralada.

— Ylla? — ele murmurou. — Você *vai* estar aqui, não vai?
— Vou — respondeu, depois de uma longa pausa. — Vou estar aqui.
— A tarde toda?
— A tarde toda — respondeu, sem entonação.

Já era tarde e o doutor Nlle ainda não tinha aparecido. O marido de Ylla não parecia muito surpreso. Quando já estava bem tarde, murmurou alguma coisa, foi até um armário e tirou de lá uma arma perigosa, um tubo comprido e amarelado que terminava em um fole e um gatilho. Ao se virar, tinha uma máscara sobre o rosto, confeccionada em metal prateado, sem expressão, a máscara que sempre usava quando queria esconder seus sentimentos, a máscara que se ajustava de maneira tão perfeita a suas bochechas, queixo e testa magra. A máscara reluzia, e ele segurava a arma perigosa nas mãos, avaliando-a. Ela zumbia sem parar, um zumbido de inseto. Dela saíam hordas de abelhas douradas, que podiam ser lançadas com um barulho estridente. Abelhas pavorosas e doura-

das que picavam, envenenavam e caíam sem vida, como sementes sobre a areia.
— Aonde vamos? — ela perguntou.
— O quê? — Ele estivera prestando atenção na arma, o zumbido perigoso. — Se o doutor Nlle se atrasou, eu é que não vou ficar aqui esperando. Vou sair para caçar um pouco. Já volto. E você vai ficar aqui mesmo, não vai? — A máscara prateada reluzia.
— Vou.
— E diga ao doutor Nlle que logo estarei de volta. Saí apenas para caçar.
A porta triangular se fechou. Os passos dele foram sumindo pela colina.
Ela o observou caminhando à luz do sol até que desapareceu no horizonte. Então terminou seu serviço com a poeira magnética e com as frutas novas que tinham de ser arrancadas das paredes de cristal. Ela trabalhava com energia e diligência, mas de vez em quando era tomada por um torpor e se pegava cantando aquela canção estranha e memorável, olhando para o céu além das pilastras de cristal.

Prendeu a respiração e ficou lá, imóvel, esperando.

Estava chegando mais perto.

Poderia acontecer a qualquer instante.

Parecia um daqueles dias em que esperamos uma tempestade e há aquele silêncio da espera e então, com a menor pressão da atmosfera, o clima explode sobre o campo com rajadas de vento, sombras e vapores. E a mudança pressiona nossos ouvidos e ficamos suspensos naquele período de espera antes de a tempestade chegar. Começamos a tremer. O céu fica manchado e colorido. As nuvens tornam-se mais espessas. As montanhas assumem um tom ferroso. As flores enjauladas esvoaçam com suspiros fracos de aviso. Sentimos o cabelo despentear um pouco. Em algum lugar da casa o relógio falante cantou: "Hora, hora, hora, hora...", com a suavidade de alguém alisando um estofamento de veludo.

E então, a tempestade. A iluminação elétrica. Os jorros de água escura e barulhenta caíam, abatendo-se sobre os campos, para sempre.

Assim acontecia. Uma tempestade ia se formando, mas o céu continuava limpo. Os relâmpagos deveriam começar logo, mas não havia nuvens.

Ylla se movimentou pela casa de verão abafada. Os relâmpagos tomariam o céu a qualquer instante; haveria trovões, uma coluna de fumaça, um silêncio, passos pela entrada, uma batida na porta cristalina, e ela sairia *correndo* para atender...

"Ylla, sua louca!", caçoou de si mesma. Por que sua mente desocupada fica pensando nessas maluquices?

E foi então que aconteceu.

Sentiu um calorão, como se uma enorme fogueira estivesse passando pelo céu. Um som de redemoinho farfalhante. Um brilho no céu, metálico.

Ylla soltou um grito.

Correndo através das pilastras, escancarou uma porta. Ficou de frente para as colinas. Mas, àquela altura, já não havia mais nada.

Ela estava prestes a sair correndo em direção à colina quando se deteve. Ela tinha de ficar lá, não ir a lugar nenhum. O médico faria uma visita, e o marido ficaria bravo se ela fugisse.

Ficou esperando à porta, ofegante, com a mão para fora.

Esforçava-se para enxergar o Vale Verde, mas não via nada.

"Que bobona." Voltou para dentro. "Você e a sua imaginação", pensou. Não tinha sido nada além de um pássaro, uma folha, o vento ou um peixe no canal. "Sente-se. Descanse."

Ela se sentou.

Ouviu-se um tiro.
Muito claro, distinto, o som da arma perigosa de inseto.
Seu corpo se contorceu com o barulho.
Viera de muito longe. Um tiro. O zumbido agudo de abelhas distantes. Um tiro. E depois o segundo tiro, preciso e frio, não muito longe dali.

Seu corpo se encolheu de novo e, por alguma razão, ela se levantou, aos berros, berrando e berrando, com vontade de nunca mais parar de berrar. Correu com violência pela casa toda e mais uma vez escancarou a porta.

Os ecos foram sumindo, sumindo.

Desapareceram.

Ficou esperando no quintal, com o rosto pálido, durante cinco minutos.

Afinal, com passos lentos, circulou pelas salas com pilastras, colocando as mãos nas coisas, os lábios tremendo, até que afinal ficou esperando sozinha na sala das trepadeiras, que ia escurecendo. Começou a enxugar um copo âmbar com a barra do lenço.

E então, ao longe, ouviu o som de passos esmagando as pedrinhas da entrada.

Levantou-se e se postou bem no meio da sala silenciosa. O copo caiu-lhe das mãos, espatifando-se em pedacinhos.

Os passos hesitaram do lado de fora da porta.

Será que ela devia falar? Será que ela devia gritar: "Entre, por favor, entre"?

Deu alguns passos à frente.

Os passos subiram a rampa. Uma mão virou a maçaneta.

Ela sorriu para a porta.

A porta se abriu. Ela parou de sorrir.

Era o marido dela. A máscara prateada brilhava, implacável.

Ele entrou na sala e a encarou durante um momento. Então

abriu o fole da arma e tirou dali duas abelhas mortas, ouviu-as bater contra o chão quando caíram, pisoteou-as e colocou a arma de fole vazia no canto da sala, enquanto Ylla se abaixava e tentava, sem sucesso, juntar os cacos do copo espatifado.

— O que você estava fazendo? — ela perguntou.
— Nada — ele respondeu, de costas. Tirou a máscara.
— Mas a arma... ouvi você atirar. Duas vezes.
— Estava apenas caçando. De vez em quando gosto de caçar. O doutor Nlle apareceu?
— Não.
— Espere um pouquinho. — Estalou os dedos, decepcionado.
— Ah, *agora* me lembrei. Ele vem nos visitar *amanhã* à tarde. Como sou idiota.

Sentaram-se para comer. Ela ficou olhando para a comida sem mexer as mãos.

— Qual é o problema? — ele perguntou, sem erguer os olhos da carne mergulhada na lava.
— Não sei. Não estou com fome — ela respondeu.
— Por quê?
— Não sei. Só estou sem fome.

O vento subia no céu; o sol descia. A sala de repente ficou pequena e fria.

— Estou tentando me lembrar — ela disse, na sala silenciosa, sentada à frente de seu marido frio, empertigado, os olhos dourados.
— Lembrar do quê? — Ele bebericou o vinho.
— Daquela canção. Aquela linda canção. — Fechou os olhos e cantarolou, mas não era a canção. — Esqueci. E, por algum motivo, não quero esquecer. É algo de que quero me lembrar para sempre. — Ergueu as mãos, como se o ritmo pudesse ajudá-la a se lembrar de tudo. Então, recostou-se na cadeira. — Não consigo.
— E começou a chorar.

— Por que você está chorando? — ele perguntou.

— Não sei, não sei, mas não posso fazer nada. Estou triste e não sei por que, choro e não sei por que, mas choro.

A cabeça dela estava entre as mãos; os ombros se sacudiam.

— Amanhã você vai estar melhor — ele disse.

Ela não olhou para ele; olhou só para o deserto vazio e para as estrelas muito brilhantes que estavam despontando no céu negro, e lá longe se ouvia o som do vento subindo e da água escorrendo pelos longos canais. Ela fechou os olhos, tremendo.

— É — respondeu. — Amanhã estarei melhor.

AGOSTO DE 1999

A NOITE DE VERÃO

NAS GALERIAS DE PEDRA, as pessoas estavam reunidas em grupinhos que se infiltravam nas sombras por entre as colinas azuis. A luz noturna suave das estrelas e das duas luas de Marte brilhava sobre elas. Além do anfiteatro de mármore, na escuridão e à distância, ficavam as cidadezinhas e as chácaras; lagos de água prateada cintilavam imóveis e os canais reluziam de um horizonte ao outro. Era uma noite de verão sobre o planeta Marte, plácido e temperado. Para cima e para baixo dos canais verdes entremeados, botes delicados como flores de bronze deslizavam. Nas moradas longas e infinitas que serpenteavam tranquilamente pelas colinas, amantes passavam o tempo sussurrando no leito noturno fresco. As últimas crianças corriam pelos becos iluminados por tochas, carregando nas mãos aranhas douradas que iam lançando teias. Aqui e ali, preparava-se uma ceia nas mesas em que a lava borbulhava e chiava prateada. Nos anfiteatros de uma centena de cidadezinhas do lado noturno de Marte, o povo marciano amarronzado, com olhos de moeda amarelos, reunia-se para voltar sua atenção ao palco, onde músicos produziam melodias serenas que flutuavam como o perfume de botões de flor no ar parado.

No palco, uma mulher cantava.

O público se emocionou.

Ela parou de cantar. Colocou a mão na garganta. Fez um sinal para os músicos e eles recomeçaram.

Os músicos tocavam e ela cantava, e dessa vez o público suspirou e se aprumou no assento, alguns dos homens levantaram surpresos, e um vento frio de inverno percorreu o anfiteatro. Porque a canção era estranha, assustadora e singular. Ela tentou conter as palavras que brotavam de seus lábios, mas as palavras eram as seguintes:

> *"She walks in beauty, like the night*
> *Of cloudless climes and starry skies,*
> *And all that's best of dark and bright*
> *Meets in her aspect and her eyes"**

A cantora tampou a boca com a mão. Ficou parada, perplexa.

— Que palavras são essas? — perguntaram os músicos.

— Que canção é essa?

— Que *língua* é essa?

E quando voltaram a soprar seus instrumentos dourados, a estranha música ressurgiu e se entremeou lentamente pelo público, que a essa altura falava alto e se levantava.

— Qual é o seu problema? — um músico perguntava ao outro.

---

* Versos de Lord Byron (1788-1824). Tradução livre: "Ela chega tão linda, como a noite/ Em clima sem nuvens e de céu estrelado,/ E tudo o que há de melhor no escuro e no brilho/ Encontra-se em sua aparência e em seus olhos". (N. T.)

— Que melodia foi essa que você tocou?
— Qual foi a que *você* tocou?
A mulher chorou e saiu correndo do palco. E o público foi embora do anfiteatro. A situação se repetiu em todas as cidadezinhas transtornadas de Marte. Apareceu uma friagem, como se caísse do céu uma névoa bem branquinha.
Nos becos escuros, sob as tochas, as crianças cantavam:

"*... and when she got there the cupboard was bare,
And so the poor dog had none!*"*

— Crianças! — gritaram. — Que versinhos são esses? Onde os aprenderam?
— Nós só *pensamos* neles, de repente. São apenas palavras que não entendemos.
Portas bateram. As ruas ficaram desertas. Sobre as montanhas azuis, uma estrela verde se ergueu.
Por todo o lado noturno de Marte, amantes acordaram para ouvir suas amadas, que cantarolavam na escuridão.
— Que melodia é essa?
E em mil chácaras, no meio da noite, mulheres acordaram aos berros. Tiveram de ser acalmadas enquanto lágrimas lhes escorriam pela face.
— Pronto, pronto. Durma. O que foi? Um sonho?
— Alguma coisa horrível vai acontecer de manhã.
— Nada pode acontecer, está tudo bem.
Soluços histéricos.
— Está chegando cada vez mais perto, cada vez mais *perto*!

---

* Trecho de um tradicional poema infantil. Tradução livre: "... e quando ela chegou, o armário estava vazio,/ Então o coitado de seu cachorro passou fome!". (N. T.)

— Não vai acontecer nada conosco. O que pode acontecer? Durma agora. Durma.

Na manhã profunda de Marte, tudo estava quieto, tão quieto quanto um poço negro e frio, com as estrelas reluzindo na água dos canais, e, respirando em todos os quartos, as crianças encolhidas segurando suas aranhas nas mãos, os amantes de braços dados, as luas ausentes, as tochas frias, os anfiteatros de pedra vazios.

O único som, logo antes do amanhecer, foi de um vigia noturno, bem ao longe em uma rua deserta, caminhando pela escuridão, cantarolando uma canção muito estranha...

AGOSTO DE 1999

OS HOMENS DA TERRA*

A PESSOA QUE BATIA À PORTA não estava disposta a parar. A senhora Ttt abriu a porta de supetão.
— O que foi?
— A senhora fala *inglês*! — O homem parado ali estava estupefato.
— Eu falo o que falo — ela respondeu.
— Mas é um *inglês* maravilhoso! — O homem usava uniforme. Havia outros três com ele, muito apressados, todos sorridentes, bem sujos.
— Que desejam? — quis saber a senhora Ttt.
— A senhora é *marciana*! — O homem sorriu. — Certamente esta palavra não lhe é familiar. É uma expressão da Terra. — Fez um sinal com a cabeça para seus homens. — Viemos da Terra. Sou o capitão Williams. Pousamos em Marte há menos de uma hora. Aqui estamos, a *Segunda* Expedição! Houve a Primeira Expedição, mas não sabemos o que aconteceu com ela. Mas, de qualquer

---

* Copyright © 1948 by Standards Magazine, Inc.

modo, aqui estamos nós. E a senhora é a primeira marciana que conhecemos!

— Marciana? — As sobrancelhas dela se ergueram.

— O que quero dizer é que a senhora vive no quarto planeta a partir do Sol. Correto?

— É elementar — ela disse, sem paciência, examinando-os com os olhos.

— E nós — apertou a mão rosada rechonchuda contra o peito —, nós viemos da Terra. Certo, rapazes?

— Certo, senhor! — responderam, em uníssono.

— Este aqui é o planeta Tyrr — ela disse. — Se vocês quiserem usar o nome certo.

— Tyrr, Tyrr. — O capitão teve um ataque de riso. — Que nome *ótimo*! Mas, minha boa senhora, como é possível a senhora falar um inglês tão perfeito?

— Não estou falando, estou pensando — ela respondeu. — Telepatia! Bom dia! — E bateu a porta.

Um instante mais tarde, lá estava aquele homem pavoroso batendo de novo.

Ela escancarou a porta.

O que foi agora?, perguntou-se.

O homem continuava lá, tentando sorrir, parecendo pasmado. Estendeu as mãos.

— Acho que a senhora não *entendeu*...

— O quê? — ela disse secamente.

O homem olhou para ela, surpreso.

— Viemos da *Terra*!

— Não tenho tempo — ela disse. — Tenho muito trabalho na cozinha hoje, e ainda preciso limpar a casa e costurar. Os senhores com toda a certeza gostariam de falar com o senhor Ttt; ele está lá em cima, no seu escritório.

— Sim — disse o homem da Terra, confuso, piscando. — Sim, por favor, permita-nos falar com o senhor Ttt.

— Ele está ocupado. — Ela bateu a porta na cara deles mais uma vez.

Dessa vez, as batidas na porta foram mais impertinentes e altas.

— Olhe aqui! — gritou o homem quando a porta abriu de supetão de novo. Ele pulou para dentro, como que para surpreendê-la. — Isto não é jeito de tratar visitantes!

— O meu chão limpinho! — ela gritou. — Lama! Saia daqui! Se quiser entrar na minha casa, primeiro limpe as botas.

O homem olhou para as botas enlameadas, desconsolado.

— Agora — disse — não é hora para bobagens. Acho que deveríamos estar comemorando. — Ficou olhando para ela durante um bom tempo, como se seu olhar pudesse fazê-la compreender.

— Se o senhor fizer os meus pãezinhos de cristal murcharem no forno — ela exclamou —, vou esmurrá-lo com um pau! — Espiou dentro de um forninho aceso. Voltou, vermelha, com o rosto suado. Os olhos dela eram profundamente amarelos, a pele era de um castanho suave. Era magra e lépida como um inseto. A voz era metálica e aguda. — Espere aqui. Vou ver se o senhor Ttt pode recebê-lo um instante. O que deseja falar com ele?

Nervoso, o homem praguejou, como se ela lhe tivesse dado uma marretada na mão.

— Diga que viemos da Terra e que isso nunca aconteceu antes!

— O que nunca aconteceu? — Ela ergueu a mão. — Tanto faz. Já volto.

O barulho dos pés dela ecoou pela casa de pedra.

Lá fora, o imenso céu azul marciano estava quente e parado, como se fosse um mar profundo e morno. O deserto marciano torrava como uma vasilha de lama pré-histórica, ondas de calor se erguiam e cintilavam. Havia um pequeno foguete reclinado sobre o topo de uma colina ali perto. Pegadas grandes saíam do foguete e iam até a porta daquela casa de pedra.

Ouviu-se o som de vozes discutindo no andar de cima. Os homens à porta se entreolharam. Alternavam o peso do corpo, apoiando-se ora numa perna, ora noutra, mexiam os dedos e os enganchavam no cinto. Uma voz masculina gritou lá em cima. A voz da mulher respondeu. Depois de quinze minutos, os homens da Terra começaram a andar de um lado para o outro diante da porta da cozinha, por falta de coisa melhor para fazer.

— Cigarro? — perguntou um dos homens.

Alguém pegou um maço e acendeu um cigarro. Soltavam filetes de fumaça lentos e pálidos. Ajeitaram o uniforme, endireitaram o colarinho. As vozes lá em cima continuavam a resmungar e cantar. O líder dos homens olhou para o relógio.

— Vinte e cinco minutos — disse. — Estou aqui imaginando o que eles estão fazendo lá em cima.

Foi até a janela e olhou para fora.

— Que dia quente — disse um dos homens.

— É — respondeu outro, naquele horário lento e quente do início da tarde.

As vozes tinham se transformado em um murmúrio e depois silenciado. Não havia um ruído sequer na casa. Os homens só conseguiam escutar a própria respiração.

Passou-se uma hora de silêncio.

— Espero que não tenhamos causado nenhum problema — disse o capitão. Entrou para dar uma olhada na sala.

A senhora Ttt estava lá, regando flores que cresciam no meio do aposento.

— Eu sabia que tinha me esquecido de alguma coisa — disse ao ver o capitão. Caminhou até a cozinha. — Desculpe — entregou-lhe uma tira de papel. — O senhor Ttt está muito ocupado.

— Virou-se de novo para o fogão. — Aliás, não é o senhor Ttt que os senhores devem procurar, e sim o senhor Aaa. Leve este papel até a próxima chácara, ao lado do canal azul, e o senhor Aaa saberá orientá-los sobre o que desejarem saber.

— Acho que não queremos saber nada — retrucou o capitão, fazendo um muxoxo. — Nós já *sabemos*.

— Os senhores já estão com o papel. Desejam algo mais? — perguntou, seca. E calou-se.

— Bom — disse o capitão, relutando em partir. Ficou parado como se estivesse esperando alguma coisa. Parecia uma criança olhando para uma árvore de Natal vazia. — Bom — repetiu —, vamos embora, rapazes.

Os quatro saíram para o dia silencioso.

Meia hora mais tarde, o senhor Aaa, sentado em sua biblioteca, bebericando um pouco de fogo elétrico de uma xícara de metal, ouviu vozes lá fora, vindas da passagem de pedra. Debruçou-se no parapeito da janela e olhou os quatro homens uniformizados que o observavam disfarçadamente.

— O senhor é o senhor Aaa? — perguntaram.

— Sou.

— O senhor Ttt nos enviou para falar com o senhor! — berrou o capitão.

— Por que ele fez isso?

— Ele estava ocupado!

— Que pena — disse o senhor Aaa, cheio de sarcasmo. — Será que ele acha que eu não tenho nada mais a fazer além de receber gente com quem ele não quer se incomodar porque está ocupado demais?

— Não é isso que importa, senhor — gritou o capitão.

— Para mim, é. Tenho muito que ler. O senhor Ttt é mesmo muito leviano. Esta não é primeira vez que ele age desta forma desatenciosa comigo. Pare de agitar as mãos, senhor, até que eu termine. E preste atenção. As pessoas costumam me escutar quando eu falo. E escute com toda a cortesia, ou não vou dizer nada.

Constrangidos, os quatro homens se agitaram e abriram a boca e, em um momento, o capitão, com as veias do rosto saltadas, ficou com os olhos mareados.

— Então — disse o senhor Aaa em tom professoral —, os senhores acham que é correto o senhor Ttt demonstrar tanta falta de modos?

Os quatro homens olharam para cima, através do calor. O capitão disse:

— Viemos da Terra!

— Acho que foi muita falta de cavalheirismo da parte dele — amuou-se o senhor Aaa.

— Em um *foguete*. Chegamos a bordo dele. Está ali!

— Não é a primeira vez que Ttt é descortês, sabem?

— Lá da Terra, bem longe.

— Ah, se eu não fosse tão calmo, ligaria para dizer-lhe poucas e boas.

— Somos só nós quatro, eu e estes três homens, minha tripulação.

— Vou ligar para ele, isso mesmo, é o que farei.

— Terra. Foguete. Homens. Viagem. Espaço.

— Vou chamá-lo e lhe darei uma tremenda bronca! — exclamou o senhor Aaa. Sumiu como uma marionete em um palco. Durante um minuto, ouviram-se vozes exaltadas ao fundo, indo e vindo através de algum mecanismo estranho qualquer. Lá embaixo, o capitão e sua tripulação olhavam com certa melancolia para o belo foguete na encosta da montanha, tão tranquilo, adorável e belo.

O senhor Aaa colocou a cabeça para fora da janela, alucinado.

— Desafiei-o para um duelo, pelos deuses! Um duelo!

— Senhor Aaa... — o capitão recomeçou, calmamente.

— Vou matá-lo, está ouvindo bem?

— Senhor Aaa, eu gostaria de *conversar* com o senhor. Viajamos quase cem milhões de quilômetros.

O senhor Aaa olhou para o capitão pela primeira vez.

— De onde mesmo vocês disseram que vieram?

O capitão abriu um sorriso. Sussurrou para a tripulação:

— *Finalmente* estamos chegando a algum lugar!

E gritou para o senhor Aaa:

— Viajamos quase cem milhões de quilômetros. Da Terra!

O senhor Aaa bocejou.

— Nesta época do ano são apenas *oitenta* milhões de quilômetros. — Pegou uma arma de aparência assustadora. — Bom, preciso ir agora. Peguem esse bilhete bobo, apesar de eu não saber para que serve, e dirijam-se além daquela colina, até a cidadezinha de Iopr e contem tudo para o senhor Iii. *Ele* é a pessoa com quem precisam conversar. Não o senhor Ttt, que é um idiota; vou matá-lo. Não eu, porque vocês não têm nada a ver com o meu tipo de trabalho.

— Tipo de trabalho, tipo de trabalho! — resmungou o capitão. — E por acaso alguém precisa ter um tipo de trabalho específico para receber homens da Terra?

— Não seja tolo, todo mundo sabe *disso*! — O senhor Aaa correu escada abaixo. — Adeusinho! — E saiu correndo pela passagem, como um compasso desenfreado.

Os quatro viajantes ficaram chocados. Por fim, o capitão disse:

— Ainda vamos encontrar alguém que vai querer nos escutar.

— Quem sabe não vamos embora e voltamos mais tarde — disse um dos homens, sombriamente. — Acho que devíamos decolar e pousar de novo. Dar tempo a eles de organizarem uma festa.

— Pode ser uma boa ideia — murmurou o capitão, cansado.

A cidadezinha estava cheia de gente entrando e saindo de portas, cumprimentando umas às outras, usando máscaras douradas, azuis e cor de carmim, numa variedade agradável, máscaras com lábios prateados e sobrancelhas de bronze, máscaras que sorriam ou de expressão amuada, de acordo com o humor dos donos.

Os quatro homens, suados de tanto caminhar, pararam e perguntaram para uma menininha onde ficava a casa do senhor Iii.

— Lá. — A criança apontou com a cabeça.

Ansioso, o capitão se abaixou sobre um joelho, olhando para o rostinho lindo dela.

— Menininha, quero conversar com você.

Sentou-a sobre seu joelho e colocou as mãozinhas castanhas dela nas dele, como se estivesse pronto para contar uma história de ninar que ele ia lentamente formando na cabeça, com muita paciência e detalhes em profusão.

— Bom, vou contar o que aconteceu, menininha. Há seis meses, um outro foguete veio a Marte. Havia um homem chamado York nele, além de seu assistente. Não sabemos o que se passou com eles. Talvez tenham caído. Vieram em um foguete. E nós também. Você deveria vê-lo! Um foguete *enorme*! Então, somos a *Segunda* Expedição, logo depois da Primeira! E viemos lá da Terra...

A menininha libertou uma mão sem pensar e cobriu o rosto com uma máscara dourada inexpressiva. Em seguida, pegou uma aranha dourada de brinquedo e a deixou cair no chão enquanto o capitão continuava falando. A aranha de brinquedo voltou a subir no joelho dela obedientemente, enquanto ela a observava através das fendas da máscara sem emoção, e o capitão a sacudia de levinho para chamar a sua atenção para a história.

— Somos homens da Terra. Você acredita em mim?

— Acredito. — A menininha olhava os desenhos que fazia na poeira do chão com os pés.

— Que bom. — O capitão deu um beliscãozinho de brincadeira no braço dela, só com um pouquinho de maldade, para fazê-la prestar atenção nele. — Nós construímos nosso próprio foguete. *Acredita?*

A menininha meteu um dedo no nariz.

— Acredito.

— E... tire o dedo do nariz, menininha... *eu* sou o capitão, e...

— Em toda a História, ninguém até hoje cruzou o céu em um enorme foguete — recitou a criaturinha, de olhos fechados.

— Que maravilha! Como você sabe?

— Ah, telepatia. — Limpou o dedo no joelho.

— Então isso não deixa você *superanimada*? — exultou o capitão. — Você não está feliz?

— É melhor o senhor falar logo com o senhor Iii. — Largou o brinquedo no chão. — O senhor Iii vai gostar de conversar com o senhor. — Ela saiu correndo, com a aranha de brinquedo atrás dela, obediente.

O capitão ficou agachado, olhando para ela com a mão estendida. Os olhos estavam úmidos. Olhava para as mãos. Boquiaberto. Os outros três homens estavam de pé sobre suas sombras. Cuspiram na rua de pedra...

O senhor Iii atendeu à porta. Estava saindo para uma palestra, mas tinha um minuto, se entrassem rápido e dissessem o que queriam...

— Um pouco de atenção — disse o capitão, de olhos vermelhos e cansados. — Viemos da Terra, temos um foguete, somos quatro, tripulação e capitão, estamos exaustos, estamos com fome, gostaríamos de um lugar para dormir. Gostaríamos que alguém nos desse a chave da cidade ou qualquer coisa assim e que alguém nos cumprimentasse e dissesse "Viva!" e "Parabéns, amigo!". Resumindo, é isso.

O senhor Iii era um homem alto, etéreo e magro, com cristais azuis grossos sobre os olhos amarelados. Debruçou-se sobre a escrivaninha e avaliou alguns papéis, dirigindo de vez em quando um olhar penetrante aos seus visitantes.

— Bom, os formulários não estão aqui comigo, *acho* que não. — Remexeu as gavetas da escrivaninha. — Então, onde é que eu *coloquei* aqueles formulários? — Refletiu. — Em algum lugar. Em algum lugar. Ah, *aqui* estão! Pronto! — Entregou os papéis, todo apressado. — O senhor precisa assinar estes papéis, claro.

— Temos mesmo de passar por toda esta lenga-lenga?

O senhor Iii lançou-lhe um olhar enviesado.

— O senhor disse que veio da Terra, não disse? Bom, então não há nada a fazer além de assinar isto aqui.

O capitão escreveu seu nome.

— O senhor quer que a minha tripulação também assine?

O senhor Iii olhou para o capitão, olhou para os outros três, e desandou a gritar, zombeteiro.

— *Eles* assinarem! Ah! Que maravilha! Eles, ah, *eles* assinarem! — Lágrimas escorriam de seus olhos. Bateu no joelho e curvou o corpo para permitir que a risada saísse de sua boca espasmódica. Apoiou-se na escrivaninha. — *Eles* assinarem!

Os quatro homens se zangaram.

— Qual é a graça?

— Eles assinarem! — suspirou o senhor Iii, esgotado de tanto rir. — Que coisa mais engraçada. Vou ter de contar isso ao senhor Xxx! — Examinou o formulário preenchido, sem parar de rir. —

— Tudo parece estar em ordem. — Assentiu com a cabeça. — Até a aceitação da eutanásia, se for necessário tomar uma decisão sobre o assunto. — Soltou mais um risinho.

— Aceitação do *quê*?

— Não fale. Tenho uma coisa para o senhor. Aqui está. Pegue esta chave.

O capitão corou.

— É uma imensa honra.

— Não é a chave da cidade, seu tolo! — rosnou o senhor Iii. — É só uma chave para a Casa. Siga este corredor, abra a porta grande, entre lá dentro e a tranque atrás de si, bem trancada. Pode passar a noite ali. De manhã, enviarei o senhor Xxx para ter com o senhor.

Hesitante, o capitão pegou a chave. Ficou parado, olhando para o chão. Seus homens não se moveram. Pareciam estar sem febre e entusiasmo algum pela sua viagem de foguete. Estavam totalmente esvaziados.

— O que foi? Qual é o problema? — quis saber o senhor Iii. — O que é que está esperando? O que quer? — Mais próximo, inclinou-se para examinar o rosto do capitão, inclinando-se. — Ande logo!

— Acredito que o senhor poderia... — sugeriu o capitão. — Quer dizer, bom, tentar, ou pensar a respeito de... — Hesitou. — Nos esforçamos muito, viemos de muito longe, e quem sabe o senhor não poderia nos apertar as mãos e dizer "Muito bem!", o que o senhor acha? — Sua voz foi desaparecendo.

O senhor Iii estendeu a mão, rígido.

— Parabéns! — sorriu friamente. — Parabéns. — Virou-se para o outro lado. — Agora eu preciso ir. Usem a chave.

Sem olhá-los mais nenhuma vez, como se tivessem derretido e desaparecido no chão, o senhor Iii começou a se movimentar pela sala, enchendo uma pequena pasta com papéis. Ficou no local mais uns cinco minutos, mas não voltou a se dirigir ao quarteto solene que ficou lá parado, cada um dos homens com a cabeça baixa, as pernas moles, a luz desaparecendo de seus olhos. Quando o senhor Iii saiu pela porta, estava ocupado examinando as unhas...

Saíram se arrastando pelo corredor, à luz dura e silenciosa da tarde. Chegaram a uma grande porta polida, e a chave prateada a abriu. Entraram, trancaram a porta e se viraram.

Estavam em um enorme salão iluminado pelo sol. Havia homens e mulheres sentados em torno de mesas, ou em pé, conversando em grupo. Ao ouvir o som da porta, olharam para os quatro homens.

Um marciano avançou com uma mesura.

— Sou o senhor Uuu — disse.

— E eu sou o capitão Jonathan Williams, de Nova York, na Terra — disse o capitão, sem muito entusiasmo.

Imediatamente, o salão explodiu!

A estrutura começou a tremer com gritos e berros. As pessoas avançavam, agitando os braços e soltando gritinhos de alegria, derrubando mesas, atropelando-se, festejando, agarrando os quatro homens da Terra, erguendo-os com facilidade por sobre os ombros. Deram umas seis voltas no salão, pulando, gesticulando, cantando.

Os homens da Terra ficaram tão estupefatos que só começaram a rir e a gritar uns com os outros depois de já estarem sendo carregados pelo marcianos havia um minuto inteiro:

— Ei! Agora, *sim*!

— Isto sim é que é vida! Rapaz! Urra! Viva! Uau!

Não paravam de piscar uns para os outros. Ergueram as mãos para bater palmas.

— Ei!

— Urra! — respondiam as pessoas.

Os homens da Terra foram colocados sobre uma mesa. Os gritos cessaram.

O capitão quase caiu em prantos.

— Muito obrigado. Isto é muito bom, muito bom.

— Conte-nos a respeito dos senhores — sugeriu o senhor Uuu.

O capitão limpou a garganta.

O público fazia *oohs* e *aahs* enquanto o capitão falava. Apresentou a tripulação; cada um dos homens fez um pequeno discurso e acanhou-se com a chuva de aplausos.

O senhor Uuu deu um tapinha amigável no ombro do capitão.

— É bom ver outro homem da Terra. Eu também vim da Terra.

— Como?

— Há muitos de nós aqui que vieram da Terra.

— O senhor? Da Terra? — O capitão ficou olhando para ele. — Mas será possível? O senhor veio de foguete? As viagens espaciais já são realizadas há séculos? — Havia um tom de decepção em sua voz. — De qual... de qual país o senhor veio?

— Tuiereol. Vim pelo espírito do meu corpo, há muitos anos.

— Tuiereol — o capitão balbuciou a palavra. — Não conheço esse país. Que é espírito do corpo?

— E a senhorita Rrr aqui, ela também veio da Terra, não *veio*, senhorita Rrr?

A senhorita Rrr assentiu com a cabeça e riu de um modo estranho.

— E o mesmo vale para o senhor Www, o senhor Qqq e o senhor Vvv!

— Eu vim de Júpiter — declarou um homem, aprumando-se.

— Eu sou de Saturno — afirmou outro, os olhos brilhando cheios de malícia.

— Júpiter, Saturno — murmurou o capitão, piscando.

O lugar então ficou muito silencioso; as pessoas estavam de pé ou se acomodavam em mesas que estavam estranhamente vazias para serem mesas de banquete. Os olhos amarelos brilhavam, e as faces eram encovadas. Pela primeira vez, o capitão reparou que não havia janelas; a luz parecia penetrar pelas paredes. Só havia uma porta. O capitão estremeceu.

— Isto aqui está muito confuso. Onde será que fica Tuiereol? Será perto dos Estados Unidos?

— O que são os Estados Unidos?

— O senhor nunca ouviu falar dos Estados Unidos? O senhor diz que veio da Terra, mas não conhece meu país!

O senhor Uuu ficou em pé, bravo.

— A Terra é um local de oceanos e nada além de oceanos. Não há campos. Eu vim da Terra, e sei muito bem disso.

— Espere um pouco. — O capitão se sentou. — O senhor parece ser um marciano comum. Olhos amarelos. Pele castanha.

— A Terra é um lugar onde só há *selva* — disse a senhorita Rrr, orgulhosa. — Vim de Orri, na Terra, uma civilização feita de prata!

Foi então que o capitão examinou bem o senhor Uuu e, em seguida, o senhor Www, o senhor Zzz, o senhor Nnn, o senhor Hhh e o senhor Bbb. Viu os olhos amarelos embaçando e brilhando na luz, entrando e saindo de foco. Começou a tremer. Finalmente, voltou-se para seus homens e olhou para eles, sombrio.

— Vocês perceberam onde estamos?

— Onde, senhor?

— Isto aqui não é festa nenhuma — respondeu o capitão, cansado. — Não é banquete nenhum. Estes não são representantes do governo. Esta não é festa surpresa nenhuma. Olhem só para os olhos deles. Ouçam o que dizem!

Ninguém respirava. No salão fechado, só um leve movimento de olhos transparentes.

— Agora entendi — a voz do capitão estava longe. — Porque todos nos entregavam bilhetes e nos mandavam prosseguir, de um para o outro, até encontrarmos o senhor Iii, que nos mandou seguir um corredor com uma chave para abrir e fechar uma porta. E aqui estamos nós...

— Onde estamos, senhor?

O capitão suspirou.

— Em um hospício.

Era noite. O grande salão estava em silêncio, iluminado fracamente por fontes de luz ocultas nas paredes transparentes. Com a cabeça baixa, os quatro terráqueos sentaram-se ao redor de uma mesa de madeira, suspirando. Homens e mulheres estavam deitados no chão. Havia pequenas movimentações pelos cantos escuros, homens e mulheres solitários gesticulando com as mãos. A cada meia hora, um dos homens do capitão tentava abrir a porta prateada e voltava para a mesa.

— Nada, senhor. Estamos bem trancados aqui dentro.

— Eles acham mesmo que somos loucos, senhor?

— Exatamente. E foi por isso que ninguém fez festa para nos receber. Eles simplesmente toleraram o que, para eles, deve ser uma psicose bastante recorrente. — Fez um gesto na direção das figuras escuras adormecidas ao redor deles. — São paranoicos, todos estes! Que recepção nos deram! Por um instante — uma chama se acendeu e se apagou em seus olhos — achei que estávamos tendo uma recepção de verdade. Todos aqueles gritos, cantorias e discursos. Foi maravilhoso, não? Enquanto durou...

— Quanto tempo será que nos manterão aqui, senhor?

— Até provarmos que não somos loucos.

— Isso deve ser fácil.

— *Espero* que sim.
— O senhor não parece estar muito certo disso.
— Não estou. Olhe ali no canto.

Um homem estava agachado sozinho, na escuridão. Da boca dele saía uma chama azul que se transformava na silhueta arredondada de uma pequena mulher nua. Desabrochava no ar, suave, em vapores de luz de cobalto, sussurrando e cantando.

O capitão fez um sinal com a cabeça para outro canto. Havia uma mulher lá, transformando-se. Primeiro, incrustava-se em uma pilastra de cristal, depois se derretia em uma estátua dourada, e por fim em um cajado de cedro reluzente; depois voltava à sua condição de mulher.

Em todo aquele salão, as pessoas faziam malabarismos com delicadas chamas violeta, transformavam-se, modificavam-se, porque a noite era o horário da mudança e da aflição.

— Mágicos, feiticeiros — cochichou um dos homens da Terra.

— Não, alucinações. Eles transferem a insanidade deles para nós, de modo que também enxergamos as alucinações deles. Telepatia. Autossugestão e telepatia.

— É por isso que o senhor está preocupado?

— Sim. Se alucinações podem parecer tão "reais" para nós e para qualquer um, se as alucinações são envolventes e quase críveis, não é surpresa eles terem nos tomado por psicóticos. Se aquele homem ali consegue produzir mulherzinhas azuis de fogo e se aquela mulher ali se derreteu em uma pilastra, é muito natural que os marcianos pensem que *nós* produzimos nosso foguete com *nossa* mente.

— Ah — disseram os homens, no meio das sombras.

Em volta deles, no amplo salão, chamas azuis se erguiam, brilhavam, evaporavam. Pequenos demônios de areia vermelha corriam entre os dentes dos homens adormecidos. As mulheres se transformavam em cobras reluzentes. Havia no ar um cheiro de répteis e de feras.

De manhã, todos se levantaram com aparência descansada, feliz e normal. Não havia chamas nem demônios no salão. O capitão e seus homens ficaram esperando perto da porta prateada, torcendo para que abrisse.

O senhor Xxx chegou depois de quase quatro horas. Suspeitavam que ele tivesse ficado esperando do outro lado, espiando-os durante pelo menos três horas antes de entrar, chamá-los e levá-los até seu pequeno escritório.

Era um homem jovial e sorridente, se fosse possível acreditar na máscara que usava, porque nela estava pintado não apenas um sorriso, mas três. Por trás dela, sua voz era a voz de um psicólogo não tão sorridente assim.

— Qual é o problema?

— O senhor acha que somos loucos, mas não somos — disse o capitão.

— Muito pelo contrário, não acho que *todos* vocês sejam loucos. — O psicólogo apontou uma varinha para o capitão. — Não. Só *o senhor*. Os outros são alucinações secundárias.

O capitão deu um tapa no joelho.

— Então é *isso*! Foi por isso que o senhor Iii riu quando sugeri que meus homens assinassem os papéis também!

— Sim, o senhor Iii me contou. — O psicólogo riu com sua boca sorridente esculpida na máscara. — Uma bela piada. Onde estávamos mesmo? Alucinações secundárias, isso. Mulheres vêm até mim com cobras saindo-lhes das orelhas. Quando eu as curo, as cobras desaparecem.

— Ficaremos felizes de ser curados. Prossiga.

O senhor Xxx pareceu surpreso.

— Incomum. Não são muitos os que desejam ser curados. A cura é drástica, o senhor sabe.

— Pode seguir com sua cura. Tenho certeza de que o senhor vai descobrir que somos todos sãos.

— Deixe-me conferir sua papelada para me assegurar de que estão em ordem para a "cura". — Conferiu uma pasta. — Veja, casos como o seu exigem uma "cura" especial. As pessoas ali naquele salão são formas mais simples. Mas, uma vez que o senhor já chegou assim tão longe, é preciso ressaltar, com alucinações primárias, secundárias, auditivas, olfativas e labiais, além de fantasias táteis e ópticas, o negócio já está bem feio. Teremos de recorrer à eutanásia.

O capitão se ergueu de um pulo, urrando.

— Olhe aqui, já aguentamos o suficiente! Pode nos testar, bata no nosso joelho, ausculte nosso coração, mande-nos fazer exercícios, pergunte coisas!

— O senhor é livre para falar.

O capitão discursou durante uma hora. O psicólogo escutou.

— Incrível — disse. — É o sonho fantasioso mais detalhado que já ouvi.

— Pelo amor de Deus, podemos mostrar-lhe o foguete! — gritou o capitão.

— Gostaria de vê-lo. Será que o senhor pode manifestá-lo aqui nesta sala?

— Ah, com certeza. Está aí no seu arquivo, na letra *F*.

O senhor Xxx olhou sua pasta com toda a seriedade. Fez um ruído de negativo e fechou a pasta, solenemente.

— Por que o senhor me mandou olhar? O foguete não está aqui.

— Claro que não, seu imbecil. Era uma piada. Por acaso os loucos fazem piadas?

— Deparamo-nos com sensos de humor bem estranhos. Agora, leve-me ao seu foguete. Desejo vê-lo.

Era meio-dia. O dia estava muito quente quando alcançaram o foguete.

— Então. — O psicólogo caminhou até o foguete e bateu nele com os dedos, e ouviu-se um leve som de sino. — Posso entrar? — perguntou, maliciosamente.

— Pode sim.

O senhor Xxx entrou e se demorou um bom tempo.

— Pelo amor de Deus, que coisa mais idiota e exasperante.

— O capitão mascava um charuto enquanto esperava. — Por dois centavos, eu voltaria para casa e diria a todos que não se dessem o trabalho de se preocupar com Marte. Que bando de gente tosca e desconfiada!

— Pelo que pude compreender, boa parte da população é louca, senhor. Esta parece ser a principal razão por trás das dúvidas deles.

— Mesmo assim, isto tudo é extremamente irritante.

O psicólogo apareceu à porta da nave depois de meia hora de cutucar, bater, escutar, cheirar, experimentar.

— *Agora* o senhor acredita? — gritou o capitão, como se ele fosse surdo.

O psicólogo fechou os olhos e coçou o nariz.

— Este é o exemplo mais incrível de alucinação sensitiva e de sugestão hipnótica com que já me deparei. Examinei todo o seu "foguete", como o senhor o chama. — Bateu no casco. — Estou ouvindo. Fantasia auditiva. — Respirou fundo. — Sinto o cheiro. Fantasia olfativa, induzida pela telepatia sensitiva. — Beijou a nave. — Sinto o gosto. Fantasia labial!

Apertou a mão do capitão.

— Será que posso felicitá-lo? O senhor é um gênio psicótico! Fez um trabalho absolutamente completo! A tarefa de projetar a sua imagem psicótica da vida na mente de outra pessoa por meio da telepatia sem fazer com que as alucinações enfraqueçam é quase impossível. Aquelas pessoas lá na Casa geralmente se concentram no visual ou, no máximo, em fantasias visuais e auditivas combinadas. O senhor conseguiu equilibrar todo o conglomerado! A sua insanidade está lindamente completa!

— A minha insanidade. — O capitão empalideceu.

— Sim, sim, mas que insanidade mais adorável. Metal, borracha, gravitadores, alimento, vestimentas, combustível, armas, escadas, parafusos, porcas, colheres. Fiz o levantamento de dez mil itens diferentes no seu transporte. Nunca tinha visto tamanha complexidade. Havia até sombras embaixo dos catres e embaixo de tudo! Mas que concentração de vontade! E tudo, independentemente do momento ou de como é testado, tem cheiro e gosto, é sólido, faz barulho! Deixe-me abraçá-lo!

Afastou-se, afinal.

— Vou transformar isto na minha maior monografia! Vou falar sobre isto na Academia Marciana no mês que vem! *Olhe* só para o senhor! Mas nossa, até mudou a cor dos olhos de amarelo para azul, a pele de castanho para rosado. E suas roupas, e as mãos com cinco em vez de seis dedos! Metamorfose biológica por meio do desequilíbrio psicológico! E seus três amigos...

Pegou uma pistolinha.

— Incurável, claro. Coitado de você, um homem tão maravilhoso... Ficará mais feliz morto. Quer expressar sua última vontade?

— Pare, pelo amor de Deus! Não atire!

— Pobre criatura, vou tirá-lo desta infelicidade que o fez imaginar este foguete e estes três homens. Será mesmo um espetáculo ver seus amigos e seu foguete desaparecerem assim que eu o matar. Escreverei uma bela tese a respeito da dissolução de imagens neuróticas a partir do que eu presenciar aqui hoje.

— Sou da Terra! Meu nome é Jonathan Williams, e estes...

— Sim, eu sei — o senhor Xxx o acalmou e disparou sua pistola.

O capitão caiu com uma bala cravada no coração. Os outros três homens berraram.

O senhor Xxx ficou olhando para eles.

— Vocês continuam a existir? Isto é maravilhoso! Alucinação com persistência temporal e espacial! — Apontou a pistola para eles. — Bom, vou amedrontá-los até que se dissolvam.

— Não! — gritaram os três.

— Apelo auditivo, apesar de o paciente estar morto — observou o senhor Xxx ao derrubar os três homens.

Caíram na areia, imóveis.

Ele os chutou. Depois bateu no foguete.

— A *nave* persiste! *Eles* persistem! — descarregou a pistola repetidas vezes sobre os corpos. Então se afastou. A máscara sorridente caiu do seu rosto.

Lentamente, a expressão do pequeno psicólogo se transformou. Ficou boquiaberto. A pistola desembaraçou-se dos seus dedos. Os olhos ficaram rígidos e vazios. Colocou as mãos para cima e deu voltas em um círculo cego. Remexeu os corpos, salivando.

— Alucinações! — balbuciava freneticamente. — Gosto. Visão. Cheiro. Som. Sensação tátil. — Sacudiu as mãos. Os olhos se esbugalharam. A boca começou a espumar.

— Vão embora! — gritou para os cadáveres. — Vá embora! — gritou para a nave. Examinou as mãos que tremiam. — Contaminado — sussurrou, enlouquecido. — A coisa foi transferida para mim. Telepatia. Hipnose. Agora *eu* fiquei louco. Agora *eu* fui contaminado. Alucinações em todas as suas formas sensíveis! — Parou e procurou a pistola ao seu redor, com mãos entorpecidas. — Só há uma cura. Só uma maneira de fazer com que tudo isto vá embora e suma.

Ouviu-se um tiro. O senhor Xxx caiu no chão.

Os quatro cadáveres estavam estendidos ao sol. O senhor Xxx permaneceu no lugar em que sucumbiu.

O foguete continuou reclinado na encosta da pequena colina ensolarada e não desapareceu.

Quando o povo da cidade encontrou o foguete ao pôr do sol, perguntaram-se o que seria. Ninguém sabia, então foi vendido a um sucateiro e rebocado para ser desmanchado e derretido.

Naquela noite, choveu muito. O dia seguinte foi claro e quente.

MARÇO DE 2000

O CONTRIBUINTE

ELE QUERIA IR A MARTE A BORDO DO FOGUETE. Foi até o campo de lançamento bem cedo de manhã e gritou através da cerca de arame, para os homens de uniforme, que queria ir a Marte. Disse a eles que era contribuinte, pagava seus impostos em dia, chamava-se Pritchard, e tinha direito de ir a Marte. Pois não tinha nascido bem ali, no Ohio? Pois não era um bom cidadão? Então, por que não podia ir a Marte? Sacudiu os punhos fechados na direção deles e lhes disse que queria ir embora da Terra; qualquer pessoa sensata queria ir embora da Terra. Dali a uns dois anos haveria uma enorme guerra atômica na Terra, e ele não queria estar lá quando isso acontecesse. Ele e milhares de outras pessoas como ele, se tivessem alguma sensatez, iriam para Marte. Pergunte-lhes se não iriam! Para fugir das guerras, da censura, da estatização, da conscrição e do controle do governo sobre isto e aquilo, sobre a arte e a ciência! Vocês podem ficar com a Terra! Estava oferecendo sua mão direita boa, seu coração, sua cabeça, pela oportunidade de ir a Marte! O que era preciso fazer, onde era preciso assinar, quem era preciso conhecer, para embarcar no foguete?

Riram dele através da tela de arame. Ele não queria ir a Marte coisa nenhuma, foi o que disseram. Por acaso ele não sabia que a Primeira e a Segunda Expedição tinham falhado, desaparecido? Que os homens provavelmente estavam mortos?

Mas eles não podiam provar nada, não tinham *certeza*, ele retrucou, agarrando-se à cerca de arame. Talvez lá em cima existisse um lugar cheio de leite e de mel, e o capitão York e o capitão Williams simplesmente não tivessem se dado o trabalho de voltar. Agora, será que eles podiam fazer o favor de abrir os portões e deixá-lo embarcar no Terceiro Foguete Expedicionário, ou teria de derrubá-los a chutes?

Eles o mandaram calar a boca.

Ele viu os homens dirigindo-se ao foguete.

— Esperem por mim! — gritou. — Não me deixem aqui neste mundo terrível, preciso ir embora; uma guerra atômica será deflagrada! Não me deixem na Terra!

Arrastaram-no, a chutes e pontapés, para longe. Bateram a porta do furgão da polícia e o levaram embora naquela manhã bem cedinho, o rosto pressionado contra a janela traseira, e, no momento exato em que a sirene tocava bem no alto de uma colina, ele viu o fogo vermelho e ouviu o estrondo. Sentiu o enorme tremor quando o foguete prateado subiu e o deixou para trás em uma manhã de segunda-feira ordinária, no planeta Terra, tão ordinário.

ABRIL DE 2000

A TERCEIRA EXPEDIÇÃO

A NAVE CHEGOU DO ESPAÇO. Veio das estrelas e das velocidades incríveis, dos movimentos brilhantes e dos vazios do espaço. Era uma nave nova; tinha fogo nas entranhas e homens em suas células de metal. E se movia em um silêncio limpo, fogoso e quente. Era tripulada por dezessete homens, incluindo um capitão. A multidão no campo de lançamento de Ohio tinha gritado e agitado os braços, e o foguete soltara enormes flores da cor do fogo, partindo às pressas em direção ao espaço, na terceira viagem a Marte!

Agora desacelerava com eficiência metálica nas camadas superiores da atmosfera de Marte. Continuava sendo um objeto belo e forte. Tinha atravessado as águas da noite do espaço como um leviatã dos mares. Passara pela antiga Lua e se jogara para dentro de um nada atrás do outro. Os homens dentro dela tinham sido sacudidos, retorcidos, ficado enjoados, se curado, um atrás do outro. Um homem tinha morrido, mas os dezesseis restantes estavam com os olhos bem abertos e o rosto pressionado contra as escotilhas de vidro grosso, e observavam Marte flutuando abaixo deles.

— Marte! — gritou o navegador Lustig.

— O bom e velho Marte! — disse Samuel Hinkston, arqueólogo.

— Muito bem — disse o capitão John Black.

O foguete pousou em um gramado verdejante. Lá fora, sobre aquele gramado, estava um cervo de ferro. Mais ao longe, sobre a grama verde, erguia-se uma alta casa vitoriana, silenciosa sob a luz do sol, toda ornada com rococós e janelas de vidro azul, rosa, amarelo e verde. Na varanda havia gerânios frondosos e um velho balanço preso ao teto que, impulsionado pela brisa fraca, ia para a frente e para trás, para a frente e para trás. No topo da casa havia uma cúpula com vidros bisotados e um telhadinho em forma de cone! Pela janela da frente podia-se ver uma partitura da música intitulada "Lindo Ohio" sobre um apoio.

A cidadezinha se espalhava em volta do foguete, nas quatro direções, verde e tranquila na primavera marciana. Havia casas brancas e outras feitas de tijolos vermelhos, elmos e bordos altos que farfalhavam ao vento e castanheiras carregadas. E campanários com sinos dourados e silenciosos.

Foi o que a tripulação do foguete viu. Entreolharam-se e voltaram a atenção para fora de novo. Agarrando-se pelos cotovelos dos outros, de repente parecia que não conseguiam mais respirar. Seus rostos empalideceram.

— Caramba — sussurrou Lustig, esfregando o rosto com os dedos entorpecidos. — Caramba.

— Não pode ser — disse Samuel Hinkston.

— Meu Deus — disse o capitão John Black.

O químico chamou.

— Senhor, a atmosfera é um tanto rarefeita. Mas há oxigênio suficiente. É segura para nós.

— Então, vamos sair — disse Lustig.

— Esperem um pouco — retrucou o capitão John Black. — Como é que vamos saber o que é isto?

— É uma cidadezinha com ar rarefeito, mas dá para respirar, senhor.

— E é uma cidadezinha parecida com as cidades da Terra — disse Hinkston, o arqueólogo. — Incrível. Não pode ser, mas é, senhor.

O capitão John Black olhou para ele vagarosamente.

— Você acha que as civilizações de dois planetas diferentes podem progredir no mesmo ritmo e se desenvolver da mesma maneira, Hinkston?

— Não tinha pensado nisso, senhor.

O capitão Black ficou parado ao lado da escotilha.

— Olhem lá fora. Olhem os gerânios. Uma planta cultivada. Esta variedade específica só existe na Terra há cinquenta anos. Pensem nos milhares de anos que as plantas precisam para se desenvolver. Então, me digam se existe alguma lógica no fato de os marcianos terem: um, janelas de vidro bisotado; dois, cúpulas; três, balanços de varanda; quatro, um instrumento que se parece com um piano e provavelmente *é* um piano; e cinco, se olharem através destas lentes telescópicas, será que faz algum sentido um compositor marciano ter criado uma canção intitulada, de maneira muito estranha, "Lindo Ohio"? Isso significa que existe um rio Ohio em Marte!

— O capitão Williams, mas é claro! — exclamou Hinkston.

— O quê?

— O capitão Williams e sua tripulação de três homens! Ou Nathaniel York e seu parceiro. Isso explicaria tudo!

— Isso não explicaria absolutamente nada. Até onde sabemos, a expedição de York explodiu no dia em que chegou a Marte, matando York e seu parceiro. No que diz respeito a Williams e seus três homens, a nave explodiu no segundo dia após a chegada. Pelo menos, a pulsação do rádio deles parou naquele momento, então imaginamos que, se os homens tivessem sobrevivido depois disso, teriam feito contato. E, de qualquer modo, a expedição de York foi só há um ano, ao passo que o capitão Williams e seus homens pousaram aqui em agosto do ano passado. Partindo da teoria de que ainda estariam vivos, será que teriam sido capazes, mesmo com a ajuda de alguma raça marciana brilhante, de ter construído uma cidade assim e a deixado com esta aparência *antiga* em tão pouco tempo? Olhem para essa cidade; parece que existe faz setenta anos. Olhem para a madeira da estrutura da varanda; para as árvores seculares, todas elas! Não, isso não é trabalho de York nem de Williams. É alguma outra coisa. Não estou gostando nada disso. E não vou sair da nave até saber o que é.

— Aliás — disse Lustig, assentindo com a cabeça —, Williams e seus homens, assim como York, pousaram do *outro* lado de Marte. Tomamos todo o cuidado para pousar *deste* lado.

— Uma observação excelente. Caso alguma tribo hostil de marcianos tenha matado York e Williams, recebemos instruções de pousar em uma região mais longínqua, para evitar a repetição do desastre. Então, aqui estamos, o mais longe possível, em um lugar que York e Williams nunca viram.

— Caramba — disse Hinkston. — Quero ir logo para esta cidade, senhor, com a sua permissão. Talvez *existam* caminhos parecidos de pensamento, de desenvolvimento de civilização nos diversos planetas de nosso sistema solar. Podemos estar à beira da maior descoberta psicológica e metafísica de nossa era!

— Prefiro esperar um pouco — disse o capitão John Black.

— Senhor, pode ser que estejamos observando um fenômeno que, pela primeira vez, comprovaria em absoluto a existência de Deus.

— Há muitos que acreditam sem precisar de tal comprovação, senhor Hinkston.

— Sou um deles, senhor. Mas certamente uma cidade como esta não poderia existir sem a intervenção divina. Cada *detalhe*... Estou tão tomado de emoção que não sei se rio ou se choro.

— Não faça nem uma coisa nem outra até sabermos o que teremos de enfrentar.

— Enfrentar? — Lustig se intrometeu. — Não teremos nada a enfrentar, capitão. É uma boa cidadezinha verdejante e silenciosa, muito parecida com o lugar antiquado onde nasci. Gostei da aparência dela.

— Quando você nasceu, Lustig?

— Em 1950, senhor.

— E você, Hinkston?

— 1955, senhor. Em Grinnel, Iowa. E isto aqui faz com que eu me sinta em casa.

— Hinkston, Lustig, eu poderia muito bem ser pai de qualquer um de vocês. Tenho exatamente oitenta anos. Nasci em 1920 no Illinois, e graças a Deus e à ciência que, nos últimos cinquenta anos, aprendeu a fazer com que *alguns* homens sejam jovens outra vez, aqui estou eu em Marte, não mais cansado do que vocês, mas infinitamente mais cheio de suspeitas. Esta cidade aqui parece muito pacífica e tranquila, e tão semelhante a Green Bluff, no Illinois, que me amedronta. Ela é parecida *demais* com Green Bluff. — Voltou-se para o operador de rádio. — Entre em contato com a Terra. Diga-lhes que pousamos. Só isso. Diga-lhes que enviaremos um relato completo pela manhã.

— Sim, senhor.

O capitão Black olhou pela escotilha do foguete com o rosto de um homem de oitenta anos, mas que parecia ter quarenta.

— Deixem-me dizer o que faremos. Lustig: você, eu e Hinkston vamos dar uma olhada na cidade. Os outros homens vão ficar a bordo. Se algo acontecer, eles podem fugir. É melhor perder três homens do que uma nave inteira. Se algo de ruim acontecer, a tripulação poderá alertar o próximo foguete. Creio que o foguete do capitão Wilder estará pronto para decolar no próximo Natal. Se houver alguma coisa hostil em Marte, certamente vamos querer que o próximo foguete esteja bem armado.

— Mas também estamos. Trouxemos o arsenal de costume conosco.

— Então ordene aos homens que se coloquem em posição. Venham, Lustig, Hinkston.

Os três saíram do foguete juntos.

Era um belo dia de primavera. Um pintarroxo estava empoleirado em uma macieira em flor e cantava sem parar. Chuvas de pétalas brancas caíam cada vez que o vento tocava os galhos verdejantes, e o cheiro dos botões enchia o ar. Em algum lugar da cidade, alguém tocava piano e a música ia e vinha, ia e vinha, suave e entorpecedora. A canção era "Lindo sonhador". Em algum outro lugar, um fonógrafo, riscado e gasto, chiava uma gravação de "Vagando na luz", cantada por Harry Lauder.

Os três homens ficaram parados ao lado da nave. Respiraram fundo o ar muito, muito rarefeito, e se movimentaram vagarosamente para não se cansar.

Agora, o disco que tocava no fonógrafo era:

Ah, dê-me uma noite de junho
A luz do luar e você...

Lustig começou a tremer. Samuel Hinkston fez o mesmo.

O céu estava sereno e silencioso, e em algum lugar um riacho corria por cavernas frescas e sombras das árvores na ravina. Em algum lugar, um cavalo puxando uma carroça avançava trotando, aos solavancos.

— Senhor — disse Samuel Hinkston —, deve ser, *tem* que ser... as viagens de foguete para Marte devem ter começado antes da Primeira Guerra Mundial!

— Não.

— De que outra maneira podemos explicar estas casas, o cervo de ferro, os pianos, a música? — Hinkston, decidido, pegou o capitão pelo braço e o encarou. — Digamos que em 1905 existissem pessoas que detestavam a guerra, se juntaram em segredo com alguns cientistas, construíram um foguete e vieram para cá, para Marte...

— Não, não, Hinkston.

— Por que não? O mundo era diferente em 1905; o segredo poderia ser mantido com muito mais facilidade.

— Mas uma coisa complexa como um foguete, não, não daria para guardar segredo.

— E então vieram morar aqui, e naturalmente as casas que construíram eram parecidas com as casas da Terra porque trouxeram na bagagem sua cultura.

— E estão vivendo aqui todos estes anos? — perguntou o capitão.

— Com paz e sossego, sim. Talvez até tenham feito algumas viagens, suficientes para trazer a população de alguma cidadezinha, e então pararam por medo de ser descobertos. É por isso que esta cidade parece tão antiquada. Não estou vendo nada aqui que seja posterior a 1927, não é mesmo? Ou então, senhor, talvez as viagens de foguete sejam mais antigas do que pensamos. Talvez tenham começado em alguma parte do mundo há séculos e tenham permanecido em segredo entre o pequeno número de homens que vieram para Marte e que fizeram apenas visitas ocasionais à Terra no decorrer dos séculos.

— Falando assim, até parece razoável.

— Tem de ser. Temos a prova bem aqui à nossa frente: só precisamos encontrar algumas pessoas para comprovar a teoria.

As botas não faziam barulho sobre a grama espessa e verde. Sentia-se o cheiro de ter sido aparada recentemente. Apesar de sua desconfiança, o capitão John Black sentia uma grande paz invadi-lo. Fazia trinta anos que ele não visitava nenhuma cidadezinha, e o zumbido das abelhas da primavera no ar o acalentava e o acalmava, e o viço das coisas era um bálsamo para a alma.

Entraram na varanda. Ecos vazios subiam das tábuas quando caminharam até a porta de tela. Lá dentro, era possível ver uma cortina de contas pendurada na entrada do corredor, um candelabro de cristal e um quadro de Maxfield Parrish pendurado sobre uma poltrona Morris. A casa tinha cheiro de antiga, de sótão, e parecia infinitamente confortável. Podia-se ouvir o tilintar de pedras de gelo em uma jarra de limonada. Em uma cozinha distante, devido ao calor daquele dia, alguém preparava um almoço frio. Uma mulher cantarolava, com voz aguda e doce.

O capitão John Black tocou a campainha.

Passos incertos e leves aproximaram-se pelo corredor. Uma senhora de rosto simpático, de uns 40 anos, usando uma espécie de vestido de 1909, olhou para eles.

— Posso ajudar? — perguntou.

— Com licença — disse o capitão Black, com hesitação. — Mas estamos procurando... quer dizer, será que a senhora poderia nos ajudar... — Parou de falar.

Ela examinou-o com olhos curiosos.

— Se os senhores estão vendendo alguma coisa... — ela começou.

— Não, espere! — ele gritou. — Que cidade é esta?

Ela olhou-o de cima a baixo.

— Como assim, que cidade é esta? Como é que o senhor pode estar em uma cidade sem saber seu nome?

O capitão estava com a aparência de quem queria se refugiar na sombra de uma macieira.

— Somos forasteiros. Queremos saber como esta cidade surgiu, e como a senhora chegou aqui.

— Os senhores são entrevistadores do censo?

— Não.

— Todos sabem — ela respondeu — que esta cidade foi construída em 1868. É um jogo?

— Não, não é jogo! — exclamou o capitão. — Viemos da Terra.

— Do *chão*, é isto que o senhor está dizendo? — ela imaginou.

— Não, nós viemos do terceiro planeta, a Terra, em uma nave. E pousamos aqui no quarto planeta, Marte...

— Isto aqui — explicou a mulher, como se estivesse falando com uma criança — é Green Bluff, Illinois, no continente americano, rodeado pelo oceano Atlântico e pelo Pacífico, em um lugar chamado mundo, ou, às vezes, Terra. Pode ir embora agora. Adeus.

Ela desapareceu corredor afora, passando os dedos pela cortina de contas.

Os três homens se entreolharam.

— Vamos derrubar a porta de tela — disse Lustig.

— Não podemos. Trata-se de propriedade particular. Pelo amor de Deus!

Foram se sentar nos degraus da varanda.

— Será que já lhe ocorreu, Hinkston, que talvez nos perdemos de alguma maneira e, por acidente, voltamos para a Terra?

— Como isso teria acontecido?

— Não sei, não sei. Ah, meu Deus, deixe-me pensar.
Hinkston disse:
— Mas conferimos cada quilômetro do trajeto. Nossos cronômetros marcavam os quilômetros. Ultrapassamos a Lua e penetramos no espaço, e aqui estamos. Tenho *certeza* de que estamos em Marte.
Lustig disse:
— Mas suponha que, por um acidente no espaço ou no tempo, tenhamos nos perdido em outra dimensão e pousado no que era a Terra de trinta ou quarenta anos atrás.
— Ah, não invente, Lustig!
Lustig foi até a porta, tocou a campainha, e gritou para dentro dos cômodos obscuros e frescos:
— Em que ano estamos?
— 1926, claro — respondeu a senhora, sentada em uma cadeira de balanço, bebericando sua limonada.
— Vocês ouviram isso? — Lustig virou-se apressado para os outros. 1926! Nós *de fato* voltamos no tempo! Esta aqui *é* a Terra!

Lustig sentou-se, e os três homens deixaram toda a maravilha e o horror da ideia afligi-los. As mãos se esfregavam com força nos joelhos. O capitão disse:
— Não pedi nada assim. Estou muito assustado. Como é que uma coisa dessas pode acontecer? Bem que gostaria de ter trazido Einstein conosco.
— Será que alguém nesta cidade vai acreditar em nós? — perguntou Hinkston. — Será que estamos lidando com algo perigoso? Por exemplo, o tempo? Será que não deveríamos simplesmente decolar e voltar para casa?
— Não. Antes vamos tentar uma outra casa.

Caminharam até um chalezinho branco sob a sombra de um carvalho, três casas abaixo.

— Quero ser o mais lógico possível — disse o capitão. — E não acredito que estejamos perto de compreender o que está acontecendo. Suponha, Hinkston, como você sugeriu anteriormente, que a viagem por foguete tenha ocorrido há anos? E depois de o povo da Terra ter passado algum tempo aqui, começou a ter saudade de casa. Primeiro foi só uma neurose branda, que logo se transformou em uma neurose bem acentuada. Chegaram à beira da loucura. Se você fosse psiquiatra, o que faria num caso assim?

Hinkston refletiu.

— Bom, creio que redimensionaria a civilização em Marte para que fosse ficando cada dia mais parecida com a da Terra. Se houvesse alguma maneira de reproduzir cada planta, cada rua e cada lago, e até os oceanos, é o que faria. Depois, por meio de algum tipo de método de hipnose coletiva, convenceria a todos de uma cidade deste tamanho que estavam *de fato* na Terra, e não em Marte.

— Muito bem, Hinkston. Acho que estamos na pista certa agora. A mulher daquela casa só *pensa* que vive na Terra. Isso protege sua sanidade. Ela e os outros nesta cidade participam da maior experiência já feita em migração e hipnose.

— *Exatamente*, senhor! — exclamou Lustig.

— Certo! — disse Hinkston.

— Bom. — O capitão suspirou. — Agora chegamos a algum lugar. Sinto-me melhor. Faz um pouco mais de sentido. Aquela conversa de ir para a frente e para trás no tempo e de viajar no tempo me revira o estômago. Mas *assim...* — O capitão sorriu. — Muito bem, parece que faremos bastante sucesso por aqui.

— Será mesmo? — perguntou Lustig. — Afinal, assim como os Peregrinos, essa gente veio para cá fugida da Terra. Talvez não fiquem assim tão felizes de nos ver. Talvez tentem nos expulsar ou nos matem.

— Temos armas superiores. Vamos para a próxima casa, então.

Mal tinham cruzado o gramado quando Lustig parou e olhou para o outro lado da cidade, naquela rua silenciosa e idílica de uma tarde de primavera.

— Senhor — disse.

— O que é, Lustig?

— Ah, senhor, *senhor*, o que eu estou *vendo*... — disse Lustig, e começou a chorar. Seus dedos se ergueram, se contorcendo e tremendo, e seu rosto se encheu de alegria, maravilhamento e incredulidade. Parecia que a qualquer momento ficaria louco de tanta felicidade. Olhou rua abaixo e começou a correr, tropeçando de maneira desajeitada, caindo, levantando-se e continuando a correr. — Olhe, olhe!

— Não o deixe fugir! — O capitão começou a correr também.

Lustig corria habilmente e gritava. Fez a curva para entrar em um quintal meio quarteirão abaixo, na rua cheia de sombra, e pulou na varanda de uma grande casa verde com um galo de ferro no teto.

Estava batendo à porta, berrando e chorando, quando Hinkston e o capitão o alcançaram. Todos arfavam e respiravam com dificuldade, exaustos de sua corrida no ar rarefeito.

— Vó! Vô! — gritava Lustig.

Dois velhinhos estavam parados à porta.

— David! — a voz deles entoou, e os dois apressaram-se para abraçá-lo e rodeá-lo. — David, ah, David, faz tanto tempo! Como você cresceu, garoto. Como você está grande, garoto. Ah, David, meu garoto, como vai?

— Vó, vô — soluçava David Lustig. — Vocês estão ótimos, ótimos! — Ele os abraçou, rodou-os, beijou-os, apertou-os, chorou em seus ombros, voltou a abraçá-los, piscando para os velhinhos.

O Sol brilhava no céu, o vento soprava, a grama era verde, a porta de tela estava escancarada.

— Entre, garoto, entre. Temos chá gelado para você, fresquinho, muito chá!

— Estou com uns amigos. — Lustig virou-se e acenou para o capitão e para Hinkston, freneticamente, rindo. — Capitão, venha até aqui.

— Olá! — disseram os velhos. — Entrem. Os amigos de David são nossos amigos. Não fiquem parados aí!

A sala da casa antiga estava fresca, e um relógio de pêndulo fazia seu ruidoso longo tique-taque de bronze em um canto. Havia almofadas macias sobre grandes sofás, paredes cobertas de livros, um grosso tapete em forma de rosa. Nas mãos, um copo de chá gelado, fresco na língua sedenta.

— À nossa saúde. — A avó bateu o copo de leve nos dentes de porcelana.

— Faz quanto tempo que a senhora está aqui, vovó? — perguntou Lustig.

— Desde que morremos — ela respondeu, sarcástica.

— Desde o quê? — O capitão John Black pousou o copo.

— Ah, sim. — Lustig assentiu com a cabeça. — Eles morreram há trinta anos.

— E você fica aí sentado como se nada tivesse acontecido! — gritou o capitão.

— Psiu! — A velha piscou, toda radiante. — Quem é você para questionar o que acontece? Estamos aqui. E o que é a vida, aliás? Quem é que faz alguma coisa por algum motivo, em algum lugar? Só sabemos que aqui estamos, vivos de novo, sem fazer perguntas. Uma segunda chance. — Ela cambaleou até ele e estendeu-lhe seu pulso fino. — Toque. — O capitão tocou. — Firme, não é? — ela perguntou. Ele assentiu com a cabeça. — E então? — ela disse, triunfante. — Por que questionar?

— Bem — respondeu o capitão —, é que nunca achamos que fôssemos encontrar algo assim em Marte.

— Mas encontraram. Atrevo-me a dizer que há muitas coisas em todos os planetas que demonstram os infinitos caminhos de Deus.

— Isto aqui é o Céu? — perguntou Hinkston.

— Quanta bobagem, não. É um mundo e recebemos uma segunda chance. Ninguém nos explicou por quê. Mas também ninguém nos tinha explicado por que estávamos na Terra, aliás. Aquela outra Terra, quer dizer. Aquela de onde vocês vieram. Como é que vamos saber que não existiu alguma *outra* antes *daquela*?

— Boa pergunta — disse o capitão.

Lustig não parava de sorrir para os avós.

— Meu Deus, como é bom ver vocês. Meu Deus, é muito bom mesmo.

O capitão se levantou e bateu a mão na perna de maneira descontraída.

— Precisamos ir andando. Muito obrigado pela bebida.

— Vocês voltarão, claro — disseram os velhos. — Para jantar, hoje à noite?

— Tentaremos, obrigado. Temos muito a fazer. Meus homens me esperam no foguete e...

Ele parou. Olhou na direção da porta, assustado.

Ao longe, sob o sol, havia um som de vozes, gritos e cumprimentos.

— O que está acontecendo? — perguntou Hinkston.

— Logo descobriremos. — E o capitão John Black saiu pela porta de supetão, correndo pelo gramado verdejante, até a rua da cidade marciana.

Parou olhando para o foguete. As escotilhas estavam abertas e a tripulação saía lá de dentro, acenando. Uma multidão tinha se juntado, e os integrantes da tripulação circulavam por entre aquelas pessoas, apressados, abraçando-as, trocando apertos de mão. As pessoas dançavam, se reuniam. O foguete ficou vazio e abandonado.

Uma bandinha apareceu em pleno dia, ensaiando uma melodia alegre com tubas e trompetes erguidos. Ouviu-se o bater de tambores e o soprar de flautas. Menininhas de cabelo dourado pulavam para cima e para baixo. Meninos gritavam "Viva!", gordos distribuíam charutos de dez centavos. O prefeito da cidade fez um discurso. Então, cada membro da tripulação, com a mãe em um braço, o pai ou a irmã em outro, foi sendo levado rua abaixo até chalezinhos ou grandes mansões.

— Parem! — gritou o capitão Black.

As portas se fecharam com estrondo.

O calor subia no céu claro de primavera, e tudo ficou em silêncio. A bandinha desapareceu em uma esquina, deixando o foguete a reluzir sozinho sob o sol.

— Abandonado! — disse o capitão. — Abandonaram a nave, abandonaram mesmo! Vou ter de esfolá-los, por Deus! Eles tinham recebido ordens!

— Senhor — disse Lustig —, não seja tão severo com eles. Eram todos antigos parentes e amigos.

— Isso não é desculpa!

— Pense em como se sentiram, capitão, ao enxergar rostos conhecidos do lado de fora da nave!

— Eles tinham recebido ordens, diabos!

— Mas como é que o senhor teria se sentido, capitão?

— Eu teria obedecido às ordens... — A boca do capitão ficou aberta.

Caminhando pela calçada sob o sol marciano, vinha um jovem alto, sorridente, de olhos absurdamente claros e azuis, de cerca de 26 anos.

— John! — o homem chamou, e começou a correr.

— O que foi? — O capitão John Black se virou.

— John, seu velho safado!

O homem correu, agarrou-lhe a mão e deu-lhe um tapa nas costas.

— É você — disse o capitão Black.

— Claro que sim, quem você *pensou* que fosse?

— Edward! — O capitão então se voltou para Lustig e Hinkston, segurando a mão do estranho. — Este é o meu irmão Edward. Ed, estes são os meus homens, Lustig, Hinkston! Meu irmão!

Os dois ficaram apertando-se as mãos, até que afinal se abraçaram.

— Ed!

— John, seu vagabundo!

— Você está ótimo, Ed, mas, Ed, o que *é* isto? Você não mudou nada com o passar dos anos. Você morreu, eu me lembro, quando estava com 26 anos, e eu tinha dezenove. Meu Deus, há quanto tempo, e agora estamos aqui. Meu Senhor, o que está acontecendo?

— Mamãe está esperando — disse Edward Black, sorrindo.

— Mamãe?

— E papai também.

— Papai? — O capitão quase caiu, como se tivesse sido atingido por uma arma poderosa. Caminhava rápido e sem coordenação. — Mamãe e papai, vivos? Onde?

— Na nossa antiga casa, na avenida Oak Knoll.

— Nossa antiga casa. — O capitão ficou olhando, surpreso e deliciado. — Vocês ouviram isso, Lustig, Hinkston?

Hinkston não estava mais lá. Tinha visto a própria casa rua abaixo e corria em sua direção. Lustig ria.

— Está vendo capitão, foi isso que aconteceu com todo mundo no foguete. Ninguém conseguiu se conter.

— Certo. Certo. — O capitão fechou os olhos. — Quando eu abrir os olhos, você não vai mais estar aqui. — Ele piscou. — Você continua aí. Meu Deus, Ed, mas você parece *ótimo*!

— Vamos, o almoço está esperando. Avisei mamãe.

Lustig disse:

— Senhor, estarei na casa dos meus avós se precisar de alguma coisa.

— Hã? Ah, tudo bem, Lustig. Nos vemos mais tarde.

Ed puxou-o pelo braço.

— Ali está a casa. Você se lembra?

— Diabos! Aposto que chego primeiro que você à varanda!

Saíram correndo. As árvores farfalharam por cima da cabeça do capitão Black; a terra rugiu sob seus pés. Viu a figura dourada de Edward Black disparar na frente dele, no surpreendente sonho de realidade. Viu a casa chegando perto, a porta de tela se escancarando.

— Ganhei! — gritou Edward.

— Eu sou velho — arfou o capitão. — E você continua jovem. Mas e daí, você *sempre* ganhava de mim. Eu lembro!

À porta, a mãe, rosada, roliça e sorridente. Atrás dela, o pai, de cabelos grisalhos, com o cachimbo na mão.

— Mamãe, papai!

Subiu os degraus correndo, como uma criança, para encontrá-los.

* * *

Foi uma tarde ótima e comprida. Terminaram o almoço prolongado e sentaram-se na sala de estar. Entre acenos de cabeça e sorrisos, ele lhes contou tudo a respeito do foguete. A mãe estava igualzinha e o pai mordeu a ponta de um charuto e o acendeu, pensativo, como sempre fazia. O jantar farto, com peru, fez o tempo voar. Quando os ossos estavam limpos, repousando sobre os pratos, o capitão se recostou e suspirou de tanta satisfação. A noite cobria todas as árvores e tinha tingido o céu, e as lâmpadas formavam halos de luz rosada na casa suave. De todas as outras casas na rua vinham sons de música, pianos tocando, portas batendo.

A mãe colocou um disco na vitrola, e ela e o capitão Black dançaram. Ela estava usando o mesmo perfume daquele verão em que ela e o pai tinham morrido em um acidente de trem, ele se lembrava. Ela parecia muito real em seus braços enquanto rodopiavam leves, no ritmo da música.

— Não é todo dia — ela disse — que temos uma segunda chance de viver.

— Vou acordar pela manhã — disse o capitão. — E embarcarei no meu foguete, seguirei para o espaço e pronto.

— Não, não pense assim — ela exclamou com suavidade. — Não questione. Deus é bom para nós. Sejamos felizes.

— Desculpe, mamãe.

O disco terminou com um chiado circular.

— Você está cansado, filho. — O pai apontou com seu cachimbo. — O seu velho quarto está à sua espera, com a cama de latão e todo o resto.

— Mas eu preciso registrar a recolhida dos meus homens.

— Por quê?

— Por quê? Bom, não sei. Por razão nenhuma, acho. Não, nenhuma mesmo. Estão todos jantando ou dormindo. E uma boa noite de sono não vai lhes fazer mal.

— Boa noite, filho. — A mãe beijou-lhe o rosto. — É bom ter você em casa.

— É bom *estar* em casa.

Deixou o país da fumaça de charuto, perfume, livros, luz suave e subiu as escadas, conversando com Ed. Edward abriu uma porta, e lá estavam a cama de latão amarelo, as antigas flâmulas de semáforo da faculdade e a pele de guaxinim muito mofada, que ele acariciou com afeição muda.

— Foi um dia puxado — disse o capitão. — Estou atordoado e cansado. Hoje aconteceram coisas demais. Sinto-me como se tivesse passado quarenta e oito horas embaixo de uma chuva torrencial sem guarda-chuva nem capa. Estou encharcado até os ossos de tanta emoção.

Edward puxou a colcha, que revelou os lençóis branquinhos e afofou o travesseiro. Deslizou a janela para cima e deixou o perfume dos botões de jasmim da noite penetrar no quarto. Havia luar, e ele ouvia o som de danças e sussurros distantes.

— Então, isto é Marte — disse o capitão, despindo-se.

— Sim, é. — Edward despiu-se em movimentos vagos e despreocupados, puxando a camisa por cima da cabeça, mostrando ombros dourados e seu pescoço musculoso.

As luzes se apagaram; entraram na cama, um ao lado do outro, como não faziam havia quantas décadas mesmo? O capitão se esticou e recebeu o cheiro do jasmim que penetrava na escuridão do quarto pelas cortinas de renda. Entre as árvores, sobre o gramado, alguém tinha colocado um fonógrafo portátil que tocava suavemente "Sempre".

Lembrou-se de Marilyn.

— Marilyn está aqui?

O irmão, banhado pelo luar que entrava pela janela, esperou um pouco para responder:

— Está. Mas ela viajou. Voltará pela manhã.

O capitão fechou os olhos.

— Quero muito ver Marilyn.

O quarto era quadrado e ficou em silêncio, a não ser pelo som da respiração deles.

— Boa noite, Ed.

Uma pausa.

— Boa noite, John.

Ele ficou lá deitado, em paz, deixando os pensamentos flutuarem. Pela primeira vez, todo o estresse do dia tinha desaparecido; então pôde pensar logicamente. Tudo tinha sido pura emoção. As bandas tocando, os rostos conhecidos... Mas agora...

Como? Ele se perguntava. Como tudo aquilo tinha acontecido? E por quê? Com que propósito? Pela bondade de alguma intervenção divina? Será que Deus se preocupava realmente tanto com seus filhos? Como, por que, e com que objetivo?

Considerou as diversas teorias levantadas no início da tarde por Hinkston e Lustig. Tinha deixado todo tipo de novas teorias se formarem em sua mente, girando e lançando clarões de luz chapada. A mãe. O pai. Edward. Marte. Terra. Marte. Marcianos.

Quem teria vivido ali mil anos antes? Marcianos? Ou havia sido sempre como agora?

Marcianos. Preguiçosamente repetiu para si mesmo a palavra.

Quase riu alto. De repente, ocorreu-lhe uma teoria das mais ridículas. Sentiu um calafrio. Mas claro que não era nada importante. Altamente improvável. Tola. Esqueça-a. Ridícula.

Mas aquela ideia, apenas *suponha*... Apenas suponha, então, que existam marcianos vivendo em Marte que viram nossa nave chegando, enxergaram dentro da nossa nave e nos odiaram. Suponha, então, só porque sim, que tenham vontade de nos destruir, os invasores, os visitantes indesejados, e que queiram fazê-lo de maneira muito inteligente, pegando-nos desprevenidos. Bom, qual a melhor arma que um marciano poderia usar contra um terráqueo com armas atômicas? A resposta era interessante. Telepatia, hipnose, memória e imaginação.

Suponha que todas essas casas não sejam reais, que esta cama não seja real, mas apenas fruto da minha própria imaginação, revestidas de substância pela telepatia e pela hipnose dos marcianos, pensou o capitão John Black. Suponha que estas casas na verdade tenham algum *outro* formato, um formato marciano, mas, ao brincar com meus desejos e vontades, estes marcianos fizeram com que se parecesse com a minha antiga cidade natal, minha antiga casa, para afastar minhas suspeitas. Que melhor maneira existe para enganar um homem do que usar a mãe e o pai como isca?

E esta cidade, tão antiga, de 1926, muito antes de *qualquer* um dos meus homens ter nascido. De quando eu tinha seis anos de idade e existiam discos de Harry Lauder, quadros de Maxfield Parrish *ainda* pendurados na parede, cortinas de contas, "Lindo Ohio" e arquitetura da virada do século. E se os marcianos pegaram a lembrança de uma cidade *exclusivamente* da minha cabeça? Dizem que as memórias de infância são as mais nítidas. E depois de construírem a cidade com a *minha* mente, povoaram-na com as pessoas mais amadas da mente de todas as pessoas no foguete!

E suponha que aquelas duas pessoas no quarto ao lado, adormecidas, não sejam de modo algum meu pai e minha mãe. Mas dois marcianos, incrivelmente brilhantes, capazes de me manter sob esta hipnose sonhadora o tempo todo?

E aquela bandinha hoje à tarde? Que plano surpreendente e brilhante! Primeiro, enganar Lustig, depois Hinkston, depois reunir uma multidão; e todos os homens no foguete vendo a mãe, as tias, os tios, as namoradas, todos mortos há dez, vinte anos; desobedecendo naturalmente às ordens, abandonando a nave correndo. O que poderia ser mais natural? O que poderia levantar menos suspeitas? O que poderia ser mais simples? Um homem não faz muitas perguntas quando a mãe é repentinamente trazida de volta à vida; ele fica feliz demais. E aqui estamos todos nesta noite, em casas diversas, em camas diversas, sem armas para nos proteger, e o foguete está lá ao luar, vazio. E não seria terrível e apavorante descobrir que tudo aquilo fazia parte de algum grande plano inteligente dos marcianos para nos dividir, conquistar e nos matar? Em algum momento durante a noite, talvez, meu irmão aqui nesta cama vai mudar de forma, derreter, se transformar em uma outra coisa, uma coisa horrorosa, um marciano. Seria muito simples ele se virar na cama e cravar um punhal no meu coração. E em todas aquelas outras casas espalhadas pela rua, uma dúzia de outros irmãos e pais de repente se derreteria, pegaria facas e atacaria os homens desprevenidos e adormecidos da Terra...

Suas mãos tremiam embaixo das cobertas. Seu corpo estava frio. De repente, não era mais apenas uma teoria. De repente, ficou apavorado.

Sentou-se na cama e escutou com atenção. A noite estava muito silenciosa. A música tinha cessado. O vento tinha morrido. O irmão estava adormecido ao seu lado.

Afastou as cobertas e as colocou de volta no lugar. Escorregou para fora da cama e estava atravessando o quarto com passos suaves quando a voz do irmão disse:

— Aonde você vai?

— O quê?

A voz do irmão estava gelada.

— Eu disse: aonde acha que está indo?

— Vou beber um pouco de água.
— Mas você não está com sede.
— Estou sim.
— Não, não está.
O capitão John Black saiu em disparada quarto afora. Gritou. Gritou duas vezes.
Nunca alcançou a porta.

De manhã, a bandinha tocou uma melodia fúnebre. De todas as casas na rua saíram pequenas procissões solenes carregando caixões compridos, e pela rua comprida vieram as avós, mães, irmãs, irmãos, tios e pais em prantos, caminhando até o pátio da igreja, onde havia novas covas, recém-cavadas, e novas lápides. Dezesseis covas no total, e dezesseis lápides.
O prefeito fez um pequeno discurso triste, o rosto às vezes de prefeito, às vezes de outra coisa.
A mãe e o pai de Black estavam lá, com o irmão Edward, chorando. Seus rostos se derretiam em uma outra coisa.
O avô e a avó Lustig estavam lá, chorando, com seus rostos se transformando como cera, bruxuleando como acontece em um dia quente.
Os caixões foram baixados. Alguém murmurou algo sobre "a morte inesperada e repentina de dezesseis homens bons durante a noite...".
A terra caiu com força por cima da tampa dos caixões.
A bandinha, tocando "Columbia, a joia do oceano", marchou e retornou à cidade, e todo mundo tirou o dia de folga.

JUNHO DE 2001

...E A LUA CONTINUA BRILHANDO*

Estava tão frio quando saíram do foguete naquela noite, que Spender começou a juntar lenha seca marciana para fazer uma pequena fogueira. Não falou nada sobre comemorações; simplesmente juntou a lenha, tocou fogo e ficou observando-a queimar.

Na chama que iluminava o ar rarefeito daquele mar seco de Marte, olhou por sobre o ombro e viu o foguete que os trouxera, o capitão Wilder, Cheroke, Hathaway, Sam Parkhill e ele próprio, através de um espaço negro e silencioso de estrelas, para pousar em um mundo morto, idílico.

Jeff Spender esperou o barulho. Ficou observando os outros homens e esperou que começassem a pular de um lado para o outro e gritar. Aconteceria assim que o torpor de ser os "primeiros" homens a chegar a Marte passasse. Nenhum deles disse nada, mas muitos torciam para que, talvez, as outras expedições tivessem falhado e que aquela, a *Quarta*, fosse "a" bem-sucedida. Não havia

---

* Copyright © 1948 by Standards Magazine, Inc.

maldade por trás desse pensamento. Mesmo assim continuavam pensando nisso, na honra e na fama, enquanto seus pulmões iam se acostumando à atmosfera rarefeita, que quase embriagava quando se mexia com muita rapidez.

Gibbs caminhou até a fogueira recém-acesa e disse:

— Por que não usamos o fogo químico da nave em vez dessa madeira?

— Nada disso — respondeu Spender, olhando para cima.

Não seria correto, na primeira noite em Marte, fazer um barulhão, instalar uma coisa estranha e tola como um forno. Seria uma espécie de blasfêmia importada. Haveria tempo para aquilo mais tarde; tempo para lançar latas de leite condensado nos orgulhosos canais marcianos; tempo para os exemplares do *The New York Times* saírem voando e, farfalhando, forrar o leito dos oceanos solitários e cinzentos de Marte; tempo para que cascas de banana e papéis de piquenique se infiltrassem nas delicadas ruínas das antigas cidades dos vales marcianos. Haveria muito tempo para tudo isso. E ele tremeu um pouco por dentro com a ideia.

Alimentou o fogo com a mão, como uma oferenda para um gigante morto. Tinham pousado em uma imensa tumba. Ali, uma civilização tinha morrido. Era simplesmente uma questão de cortesia passar a primeira noite sem fazer alarde.

— Para mim, isso não é uma comemoração. — Gibbs virou-se para o capitão Wilder. — Senhor, creio que devemos distribuir as rações de gim e de carne e animar um pouco o clima.

O capitão Wilder olhou na direção de uma cidade morta, a dois quilômetros de distância.

— Estamos todos cansados — disse, desatento, como se prestasse atenção unicamente à cidade, esquecendo-se de seus homens.

— Quem sabe amanhã à noite. Hoje temos apenas de ficar felizes por ter atravessado todo o espaço sem levar um meteoro na carcaça e sem perder nenhum homem.

Os homens se movimentavam de um lado para o outro. Havia vinte deles, apoiando-se uns nos outros ou ajeitando os cintos. Spender os observava. Não estavam satisfeitos. Tinham arriscado a vida por uma coisa grande. Agora queriam gritar e beber até cair, disparando suas pistolas para demonstrar como eram maravilhosos por terem aberto um buraco no espaço e conduzido um foguete até Marte.

Mas ninguém gritava.

O capitão deu ordem de silêncio. Um dos homens correu até a nave e voltou com latas de comida que foram abertas e devoradas sem muito barulho. Os homens estavam começando a conversar naquele momento. O capitão se sentou e narrou a viagem para eles. Eles já sabiam de tudo aquilo, mas foi bom ouvir novamente, como algo concluído a contento. Não falariam a respeito da viagem de volta. Alguém tocou no assunto, mas disseram que se calasse. As colheres se moviam sob o luar duplo; a comida era gostosa, e o vinho, ainda melhor.

Um clarão de fogo apareceu no céu e, um instante depois, o foguete auxiliar pousou além do acampamento. Spender observou quando a pequena escotilha se abriu e Hathaway, o médico-geólogo (eram todos homens de habilidade dupla, para economizar espaço na viagem), desceu. Caminhou lentamente até o capitão.

— E então? — perguntou o capitão Wilder.

Hathaway olhou para as cidades distantes brilhando sob as estrelas. Depois de engolir em seco e focar os olhos, disse:

— Aquela cidade ali, senhor, está morta, e morreu há uns bons milhares de anos. Isso se aplica também às cidades nas colinas. Mas aquela quinta cidade, a trezentos quilômetros de distância, senhor...

— O que é que tem?

— Havia gente lá na semana passada, senhor.

Spender levantou-se.

— Marcianos — disse Hathaway.

— Onde estão agora?

— Mortos — disse Hathaway. — Entrei numa das casas. Achei que, como as outras cidades e casas, devia estar morta há séculos. Meu Deus, havia corpos lá. Era como caminhar por uma pilha de folhas secas no outono. Como galhos e pedaços de jornal queimado, só isso. E estavam *frescos*. Estão mortos há dez dias.

— Você conferiu outras cidades? Viu *alguma coisa* viva?

— Absolutamente nada. Então saí para conferir as outras cidades. Quatro entre cinco estão vazias há milhares de anos. Não faço a menor ideia do que aconteceu com os habitantes originais. Mas a quinta cidade continha a mesma coisa. Corpos. Milhares de corpos.

— Do que morreram? — Spender avançou.

— O senhor não vai acreditar.

— O que os matou?

Hathaway disse, simplesmente:

— Catapora.

— Meu Deus, não!

— Pois é. Fiz exames. Catapora. Atacou os marcianos de maneira muito diferente da dos homens da Terra. Suponho que o metabolismo deles tenha reagido de outra forma. Queimaram, ficaram pretos e se despedaçaram em flocos quebradiços. Mas é catapora, sem dúvida. Então, as três expedições, York, o capitão Williams e o capitão Black devem ter chegado a Marte. Só Deus sabe o que aconteceu com eles. Mas pelo menos sabemos o que *eles* fizeram sem querer com os marcianos.

— Você não viu nenhuma outra forma de vida?

— As chances dos marcianos são poucas; se foram inteligentes, devem ter fugido para as montanhas. Mas não são suficientes, aposto quanto quiser, para representar algum problema nativo. Este planeta acabou.

Spender virou-se e foi sentar perto da fogueira, olhando para ela. Catapora, meu Deus, catapora, pense só nisso! Uma raça se constrói durante um milhão de anos, se aprimora, ergue cidades como aquelas, faz tudo o que pode para se dar respeito e beleza e, então, morre. Parte dela morre lentamente, a seu próprio ritmo, antes da nossa era, com dignidade. Mas o resto! O resto de Marte morreu de uma doença de nome bonito, apavorante ou imponente? Não, em nome de tudo que é sagrado, tinha de ser catapora, uma doença da infância, uma doença que não mata nem as *crianças* na Terra! Não é correto e não é justo. É como dizer que os gregos morreram de caxumba, ou que os orgulhosos romanos morreram, em suas lindas colinas, de pé de atleta! Se pelo menos os marcianos tivessem tido tempo de arrumar suas vestes funerárias, deitar-se, parecer serenos, e pensar em alguma *outra* desculpa para morrer... Não pode ser uma coisa suja e tola como catapora. Não combina com a arquitetura; não combina com este mundo inteiro!

— Certo, Hathaway, coma um pouco.

— Obrigado, capitão.

E rapidamente tudo foi esquecido. Os homens começaram a conversar entre si.

Spender não tirou os olhos deles. Continuava segurando a comida no prato. Sentiu o chão esfriando. As estrelas chegaram mais perto, muito claras.

Quando alguém falava alto demais, o capitão respondia em voz baixa, o que fazia com que todos diminuíssem o tom, imitando-o.

O ar tinha cheiro limpo e fresco. Spender ficou lá sentado durante muito tempo, aproveitando o seu aroma. Tinha muitas coisas que ele não conseguia identificar: flores, produtos químicos, poeiras, ventos.

— E aquela vez em Nova York, quando peguei aquela loira. Como era mesmo o nome dela?... Ginnie! — exclamou Biggs. — *Isso* mesmo!

Spender retesou-se. Sua mão começou a tremer. Os olhos se moviam por trás das pálpebras finas e leves.

— E Ginnie me disse... — exclamava Biggs.

Os homens faziam algazarra.

— Então roubei-lhe um beijo! — gritou Biggs, com uma garrafa na mão.

Spender pousou o prato. Ouviu o vento soprando nas orelhas, fresco e sussurrante. Olhou para o gelo frio das construções marcianas brancas à distância, nos territórios de mar vazio.

— Que mulher, que mulher! — Biggs virou a garrafa na boca aberta. — A melhor entre todas que conheci!

O cheiro do corpo suado de Biggs estava no ar. Spender deixou a fogueira apagar.

— Ei, Spender, dê um jeito nessa fogueira aí! — disse Biggs, olhando para ele um instante e depois retornando a atenção à garrafa. — Bom, uma noite, a Ginnie e eu...

Um homem chamado Schoenke pegou seu acordeão e ensaiou um sapateado, levantando poeira em volta de si.

— Iu-hu, estou vivo — gritava.

— Iu-hu! — ressoavam os homens. Jogaram para cima os pratos vazios. Três deles formaram uma fila e começaram a dançar como coristas, fazendo piadas ruidosas. Os outros, batendo palmas, gritaram à espera que algo acontecesse. Cheroke tirou a camisa, exibindo o peito nu, suado enquanto rodopiava. O luar brilhava em seu corte à escovinha e em seu rosto jovem, bem barbeado.

No leito do oceano, o vento soprava vapores fracos, e, das montanhas, enormes rostos de pedra observavam o foguete prateado e a fogueirinha.

O barulho ficou mais alto, mais homens se juntaram à algazarra, alguém assoprou uma gaita, outro colocou um papel em um pente e começou a tocar. Mais vinte garrafas foram abertas. Biggs cambaleava, sacudindo os braços para guiar os dançarinos.

— Vamos lá, senhor! — exclamou Cheroke para o capitão, uivando uma canção.

O capitão teve de se juntar à dança. Não queria. Seu rosto estava solene. Spender o observava, pensando: Coitado dele, que noite! Eles não sabem o que estão fazendo. Deveriam ter participado de um programa de orientação antes de ir a Marte para aprender a manter as aparências, andar e ficar quietos durante alguns dias.

— Para mim, chega. — O capitão pediu licença e se sentou, dizendo estar exausto. Spender olhou para o peito do capitão. Não estava ofegante. O rosto também não estava suado.

Acordeão, gaita, vinho, gritos, dança, uivos, rodas, panelas batendo, risadas.

Biggs foi cambaleando até a margem do canal marciano. Levou seis garrafas vazias e jogou-as, uma a uma, nas águas profundas e azuis do canal. À medida que submergiam, faziam barulhos vazios, ocos.

— Eu o batizo, eu o batizo, eu o batizo... — dizia Biggs com a voz pastosa. — Eu o batizo Biggs, Biggs, canal de Biggs...

Spender levantou-se, ao lado da fogueira. E foi até Biggs antes que alguém tivesse a oportunidade de se mexer. Atingiu Biggs uma vez na boca e outra na orelha. Biggs tropeçou e caiu dentro do canal. Depois do ruído do corpo contra a água, Spender ficou esperando em silêncio até que Biggs subisse pela margem de pedra. Àquela altura, os outros homens já estavam segurando Spender.

— Ei, qual é o problema, Spender? Hein? — perguntaram.

Biggs saiu e ficou lá, pingando. Viu os homens segurando Spender.

árvores e capim. Aquele seria seu trabalho, lutar exatamente contra aquilo que poderia impedir sua estada ali. Travaria uma guerra de horticultura particular contra Marte. Lá estava o velho solo, e as plantas eram tão antigas que tinham se consumido. Mas e se novas formas fossem introduzidas? Árvores da Terra, grandes mimosas, chorões, magnólias e magníficos eucaliptos. E então? Não dava para adivinhar que riquezas minerais o solo escondia, inutilizadas porque as antigas samambaias, flores, arbustos e árvores tinham se exaurido.

— Deixem-me sair! — gritou. — Preciso falar com o coordenador!

Ele e o coordenador conversaram durante toda uma manhã a respeito das coisas que cresciam e eram verdes. Demoraria meses, se não anos, até que o plantio organizado começasse. Por enquanto, comida congelada era trazida da Terra em icebergs voadores; alguns jardins comunitários estavam crescendo em estufas hidropônicas.

— Enquanto isso — disse o coordenador —, o trabalho é seu. Vamos conseguir todas as sementes que pudermos, um pouco de equipamento. O espaço nos foguetes agora é preciosíssimo. Como essas primeiras cidades são comunidades mineradoras, creio que não haverá muito apoio ao seu plantio de árvores...

— Mas o senhor permite que eu o faça?

Permitiram-lhe. Equipado com uma única motocicleta, o carrinho lateral cheio de sementes e de mudas, estacionou seu veículo no meio do descampado do vale e colocou um pé no chão.

Aquilo fora trinta dias antes, e ele nunca tinha olhado para trás, porque olhar para trás seria o mesmo que se render ao coração. O clima estava excessivamente seco; duvidava se alguma semente já tinha brotado. Talvez toda sua campanha, suas quatro semanas de se agachar e cavar, tivesse sido em vão. Mantinha os olhos voltados apenas para a frente, seguindo o amplo vale plano sob o sol, longe da Primeira Cidade, esperando as chuvas chegarem.

Nuvens começaram a se formar por cima das montanhas secas quando colocou o cobertor por sobre os ombros. Marte era um lugar tão imprevisível quanto o tempo. Sentia as colinas castigadas pelo sol arrefecendo pela noite gelada e pensou no solo rico e escuro, um solo tão negro e brilhante que quase subia e se mexia na mão, um solo fértil do qual poderiam emergir pés de feijão imensos, que, sacudidos, fariam cair gigantes aos berros.

O fogo se agitava nas cinzas sonolentas. O ar tremeu com o barulho distante de um carrinho de mão. Trovão. Um odor repentino de água. Hoje à noite, ele pensou, e colocou a mão para fora para sentir a chuva. Hoje à noite.

Acordou com um peteleco na testa.

A água escorreu do nariz para os lábios. Um pingo acertou o olho, embaçando-o. Outro pegou no queixo.

A chuva.

Um elixir especial chuviscava lá do alto, puro, suave e leve, com gosto de encantos, estrelas e ar, carregando uma poeira apimentada consigo, e movimentando-se como um licor raro em sua língua.

Chuva.

Sentou-se. Deixou o cobertor cair e sua camisa de algodão azul manchou quando os pingos de chuva ficaram mais sólidos. Parecia que um animal invisível dançava sobre o fogo, amassando-o, até sobrar apenas uma fumaça nervosa. A chuva caía. A enorme abóbada negra do céu rachou-se em seis cacos azul-claros, como um maravilhoso verniz craquelê, e escorreu. Viu dez bilhões de cristais de chuva, hesitando tempo bastante para serem fotografados pela exibição elétrica. Em seguida, escuridão e água.

Ficou ensopado até os ossos, mas se manteve com o rosto erguido e deixou a água atingir suas pálpebras, rindo. Bateu palmas, caminhou e deu uma volta em seu pequeno acampamento. Era uma da manhã.

Choveu continuamente durante duas horas e daí parou. As estrelas surgiram, recém-lavadas e mais limpas do que nunca.

O senhor Benjamin Driscoll pegou uma muda de roupa seca de seu pacote de celofane, deitou-se, e foi dormir satisfeito.

O Sol se ergueu lentamente entre as montanhas. Penetrou no território em silêncio e acordou o senhor Driscoll.

Ele esperou um instante antes de se levantar. Tinha trabalhado e esperado durante um longo mês de calor e, agora, em pé, virou-se finalmente para a direção de onde viera.

A manhã era verde.

Até onde podia enxergar, as árvores se destacavam contra o céu. Não uma, não duas, não uma dúzia, mas os milhares de árvores que ele tinha plantado em sementes e mudas. E não eram árvores pequenas, não, não eram brotinhos, não eram galhos delicados, mas árvores grandes, árvores enormes, tão altas quanto dez homens, verdes, verdes, gigantescas e frondosas, árvores reluzindo suas folhas metálicas, árvores farfalhando, árvores delineando as colinas, pés de lima, pés de limão, sequoias, mimosas, carvalhos, elmos, álamos, cerejeiras, bordos, freixos, macieiras, laranjeiras, eucaliptos, atingidos por uma chuva tumultuosa, alimentados por um solo alienígena e mágico que, diante de seus olhos, brotavam novos galhos, abriam-se botões.

— Impossível! — gritou o senhor Benjamin Driscoll.

Mas o vale e a manhã estavam verdes.

E o ar!

Por todos os lados, como uma corrente móvel, um rio montanhês, vinha o ar novo, o oxigênio que exalava das árvores verdes. Dava para vê-lo subir em espirais cristalinos. Oxigênio, fresco, puro, verde, oxigênio frio transformando o vale em um delta de rio. Em um instante os portões da cidade se abririam, as pessoas sairiam correndo através do novo milagre do oxigênio, inalando, saboreando o pulmão cheio, as bochechas rosadas, o nariz congelado, os pulmões reavivados, o coração saltando no peito e os corpos cansados erguidos em uma dança.

O senhor Benjamin Driscoll tomou um longo gole de ar aquoso e verde e desmaiou.

Antes que acordasse, cinco mil novas árvores tinham se erguido sob o Sol amarelo.

FEVEREIRO DE 2002

OS GAFANHOTOS

Os FOGUETES INCENDIARAM as pradarias ralas, transformaram pedras em lava, madeira em carvão, água em vapor, formaram vidro verde a partir de sílica e areia, que refletia a invasão, por todos os lados, como espelhos estilhaçados. Os foguetes chegavam como tambores, batucando no meio da noite. Os foguetes chegavam como gafanhotos, em enxames, formando nuvens de fumaça rosada. E dos foguetes corriam homens com marretas nas mãos, para modelar aquele mundo estranho até um formato conhecido, eliminando toda a estranheza, a boca cheia de pregos, parecidos a animais carnívoros com dentes de aço, cuspindo-os nas mãos ágeis conforme martelavam as estruturas dos chalés e cobriam os telhados com telhas para bloquear as estrelas reluzentes, e ajeitavam persianas verdes para segurar a noite. E quando os carpinteiros iam embora, as mulheres chegavam com vasos de flores e panelas e começavam a fazer barulho na cozinha para cobrir o silêncio de Marte, que esperava do lado de fora da porta e das janelas escuras.

Em seis meses, uma dúzia de cidadezinhas tinha sido erguida sobre o planeta nu, repletas de tubos de neon chiantes e lâmpadas elétricas amareladas. No total, cerca de noventa mil pessoas foram a Marte. Mais gente, na Terra, reunia seus pertences...

AGOSTO DE 2002

ENCONTRO NOTURNO

Antes de subir as colinas azuis, Tomás Gomez parou para abastecer o tanque no posto solitário.

— O senhor não se sente meio sozinho por aqui, tio? — disse Tomás.

O velho limpou o para-brisa da caminhonete.

— Não é mau.

— O senhor está gostando de Marte, tio?

— Estou. Sempre tem alguma coisa nova. Quando vim para cá no ano passado, resolvi que não esperaria nada, não pediria nada, nem me surpreenderia com nada. Precisamos nos esquecer da Terra e de como as coisas eram. Precisamos olhar para o que temos aqui e como tudo é *diferente*. Divirto-me à larga só de olhar o clima daqui. É um clima *marciano*. Quente que nem o inferno durante o dia, frio que nem o inferno à noite. Morro de rir com as flores diferentes e com a chuva diferente. Vim para Marte para me aposentar e queria um lugar onde tudo fosse diferente. Nós, velhos, precisamos de coisas diferentes. Os jovens não querem saber de conversar conosco, os outros velhos nos entediam demais. Então, achei que o melhor para mim seria um lugar tão diferente que só seria preciso abrir os olhos para se divertir. Comprei este posto de gasolina. Se começar a ter muito movimento, mudo para alguma outra estrada onde não haja muito tráfego, onde eu possa ganhar o suficiente para viver e ainda ter tempo para sentir as coisas *diferentes* que existem aqui.

— Tem toda a razão, tio — disse Tomás, as mãos morenas descansando sobre o volante. Estava se sentindo bem. Trabalhara em uma das novas colônias durante dez dias ininterruptos e agora tinha dois de folga e estava a caminho de uma festa.

— Já não me surpreendo mais com nada — disse o velho. — Só fico olhando. Só sinto a experiência. Se você não consegue absorver Marte como ele é, melhor voltar para a Terra. Tudo aqui é maluco, o solo, o ar, os canais, os nativos (ainda não vi nenhum, mas ouvi dizer que andam por aí), os relógios. Até meu relógio funciona de um jeito engraçado. Até o *tempo* é louco aqui. Às vezes acho que estou aqui completamente sozinho, sem ninguém mais na porcaria inteira do planeta. Poderia até apostar. Às vezes sinto-me como se tivesse 8 anos, que o meu corpo foi achatado e que o resto ficou alto demais. Jesus, este aqui é o lugar perfeito para um velho. Estou sempre animado e feliz. Sabe o que é Marte? É como um presente que ganhei de Natal há setenta anos, não sei se você já teve um, chamava caleidoscópio: tinha uns pedacinhos de cristal, tecido, contas e outras porcarias bonitas. A gente colocava contra o sol e olhava através dele, e ficava sem fôlego de tão lindo. Tantas formas! Bom, Marte é assim. Aproveite. Não peça que seja nada mais. Jesus, sabia que aquela estrada bem ali, construída pelos marcianos, tem mais de dezesseis séculos e ainda está em boas condições? Um dólar e cinquenta, muito obrigado e boa noite.

Tomás afastou-se pela antiga estrada, rindo em silêncio.

* * *

Era uma longa estrada que atravessava a escuridão e as montanhas. Ele segurava o volante, de vez em quando esticando a mão até a sacola e pegando uma bala. Fazia uma hora que estava dirigindo sem parar, sem nenhum outro carro na estrada, nenhuma luz, só a estrada passando, o zumbido, o rugido, e Marte lá fora, tão silencioso. Marte era sempre silencioso, mas naquela noite estava ainda mais silencioso do que nunca. Os desertos e os mares vazios passavam por ele, e as montanhas passavam pelas estrelas.

Havia um cheiro de Tempo no ar. Ele sorriu e examinou essa fantasia na mente. Era uma ideia. Qual seria o cheiro do Tempo? Cheirava a poeira, a relógios e a pessoas. E se perguntasse qual seria o barulho do Tempo, era como água corrente em uma caverna escura, vozes gritando, sujeira caindo pelas tampas das caixas vazias, e chuva. E, indo ainda mais longe, qual seria a *aparência* do Tempo? O Tempo era como a neve pingando em silêncio em uma sala escura ou se parecia com um filme silencioso em um teatro antigo, cem bilhões de rostos caindo como aqueles balões de Ano-Novo, caindo e caindo para o nada. Assim eram o cheiro, a aparência e o som do Tempo. E, naquela noite, Tomás esticou a mão para fora da caminhonete, para sentir o vento, naquela noite quase dava para *tocar* o Tempo.

Conduziu a caminhonete através das colinas do Tempo. O pescoço formigava e ele se aprumou no assento, olhando para a frente.

Entrou em uma cidadezinha marciana morta, desligou o motor e deixou que o silêncio penetrasse nele e o rodeasse. Permaneceu sentado, sem respirar, olhando para as construções brancas ao luar. Desabitadas havia séculos. Perfeitas, imaculadas, em ruínas, sim, mas perfeitas, ainda assim.

Deu a partida e andou mais uns dois quilômetros antes de parar de novo, desceu, pegou a sacola e foi caminhando até um pequeno promontório de onde podia admirar a cidade empoeirada.

Abriu a garrafa térmica e serviu-se de uma xícara de café. Um pássaro noturno passou voando. Ele se sentia bem. Sentia-se muito, muito em paz.

Talvez uns cinco minutos depois, ouviu um barulho. Lá nas colinas, onde a antiga estrada fazia uma curva, percebeu uma movimentação, uma luz fraca, e depois um murmúrio.

Tomás virou-se lentamente, com a xícara de café na mão.

E das colinas saiu uma coisa estranha.

Era uma máquina parecida com um inseto verde como jade, um louva-a-deus, correndo delicadamente através do ar frio, com um número incontável e incerto de diamantes brilhando sobre o corpo e joias vermelhas que brilhavam como olhos multifacetados. Suas seis patas caíram sobre a antiga estrada com o som de uma chuva esparsa que estava no fim, e, da parte de trás da máquina, um marciano com olhos de ouro derretido olhou para Tomás como se estivesse olhando para dentro de um poço.

Tomás ergueu a mão e pensou num "Olá!" automaticamente, mas não moveu os lábios, porque aquele *era* um marciano. Mas Tomás tinha nadado nos rios azuis da Terra, com estranhos passando pela estrada, e tinha comido em casas estranhas com desconhecidos, e sua arma sempre tinha sido seu sorriso. Não andava armado. E não sentia necessidade de ter uma arma naquele momento, nem com o leve medo que se apossava de seu coração.

As mãos do marciano também estavam vazias. Por um instante, ficaram olhando um para o outro através do ar frio.

Foi Tomás quem tomou a iniciativa.

— Olá! — chamou.

— Olá! — respondeu o marciano, em sua própria língua.

Eles não se entenderam.

— Você disse "olá"? — os dois perguntaram.

— O que foi que você falou? — perguntaram, cada um em uma língua.

Fizeram cara feia.

— Quem é você? — disse Tomás, em inglês.

— O que você está fazendo aqui? — em marciano; os lábios do estranho se moveram.

— Aonde você vai? — disseram, e ficaram surpresos.

— Sou Tomás Gomez.

— Meu nome é Muhe Ca.

Nenhum deles entendeu nada, mas bateram no peito ao proferir as palavras e ficou claro.

E então o marciano riu.

— Espere! — Tomás sentiu alguém encostando em sua cabeça, mas não havia nenhuma mão ali.

— Pronto! — disse o marciano, em inglês. — Assim é melhor.

— Você aprendeu a minha língua com tanta rapidez!

— Não é nada!

Olharam, acanhados, com um novo silêncio, para o café fumegante que ele segurava em uma mão.

— É algo diferente? — perguntou o marciano, olhando para ele e para o café, referindo-se aos dois, talvez.

— Posso oferecer-lhe uma bebida? — perguntou Tomás.

— Por favor.

O marciano escorregou para fora de sua máquina.

Uma segunda xícara apareceu e foi enchida, fumegante. Tomás estendeu-a.

As mãos deles se encontraram e, como uma névoa, entraram uma na outra.

— Jesus Cristo! — gritou Tomás, e derrubou a xícara.

— Em nome dos deuses! — disse o marciano, em sua própria língua.

— Você viu o que acabou de acontecer? — os dois cochicharam.

Estavam gelados e aterrorizados.

O marciano inclinou-se para pegar a xícara, mas não conseguiu.

— Jesus! — disse Tomás.

— Não é possível. — O marciano tentou repetidas vezes pegar a xícara, mas não conseguiu. Levantou-se e refletiu um momento, então tirou a faca do cinto.

— Ei! — exclamou Tomás.

— Não é isso, pegue! — disse o marciano, e a jogou.

Tomás juntou as mãos. A faca atravessou sua pele. Bateu no chão. Tomás abaixou-se para pegá-la, mas não conseguiu e então desistiu, tremendo.

Depois ficou olhando para a silhueta do marciano contra o céu.

— As estrelas! — disse.

— As estrelas! — disse o marciano, olhando, por sua vez, para Tomás.

As estrelas estavam brancas e nítidas através da pele do marciano, incrustadas como se fossem um brilho cintilante preso à membrana fina e fosforescente de um peixe gelatinoso. Podia-se ver as estrelas bruxuleando como olhos cor de violeta na barriga e no peito do marciano, e através de seus pulsos, como joias.

— Consigo enxergar através de você! — disse Tomás.

— E eu, através de você! — disse o marciano, recuando um passo.

Tomás apalpou o próprio corpo e, sentindo o calor, ficou tranquilo. *Eu* sou de verdade, pensou.

O marciano tocou o próprio nariz e os lábios.

— *Eu* tenho carne — disse, meio em voz alta.

Tomás ficou olhando para o estranho.

— E se *eu* sou real, então *você* deve estar morto.

— Não, você!
— Um fantasma!
— Um espectro!

Apontaram um para o outro, com as estrelas queimando em seus membros como adagas, pedacinhos de gelo e vaga-lumes, e então começaram a se apalpar de novo, os dois se sentindo intactos, quentes, animados, estupefatos, surpresos, e o outro, ah, sim, o outro ali, irreal, um prisma fantasmagórico emitindo a luz acumulada de mundos distantes.

Estou bêbado, pensou Tomás. Não vou falar disso para ninguém amanhã, não, não.

Ficaram lá na antiga estrada, nenhum dos dois se mexeu.

— De onde você veio? — o marciano perguntou afinal.
— Da Terra.
— O que é isso?
— Lá. — Tomás fez um sinal com a cabeça na direção do céu.
— Quando?
— Pousamos há um ano, está lembrado?
— Não.
— Todos vocês estavam mortos, menos alguns poucos. Vocês são raros, você não *sabe* disso?
— Isto não é verdade.
— Sim, mortos. Vi os corpos. Pretos, nos salões, nas casas, mortos. Milhares deles.
— Isso é ridículo. Estamos *vivos*!
— Meu caro, vocês foram invadidos, só que você não sabe. Você deve ter escapado.
— Não escapei; não havia nada de que escapar. O que você quer dizer? Agora estou a caminho de um festival no canal, perto das Montanhas Eniall. Estive lá ontem à noite. Você não está vendo a cidade ali? — O marciano apontou.

Tomás olhou e viu as ruínas.

— Mas aquela cidade está morta há milhares de anos!

O marciano riu.

— Morta. Dormi lá ontem!

— E eu estive lá há uma semana e na semana anterior a essa, acabo de passar por lá, e é um destroço. Está vendo as pilastras quebradas?

— Quebradas? Como assim? Enxergo-as perfeitamente. A lua ajuda. E as pilastras estão retinhas.

— Há poeira nas ruas — disse Tomás.

— As ruas estão limpas!

— Os canais bem ali estão vazios.

— Os canais estão cheios de vinho de lavanda!

— Está morta.

— Está viva! — retrucou o marciano, rindo mais. — Ah, você está bem enganado. Está vendo todas aquelas luzes de festa? São lindos barcos delgados como uma mulher, mulheres lindas como um barco delgado, mulheres da cor da areia, mulheres com flores nas mãos. Estou vendo-as, pequenas, correndo pelas ruas ali embaixo. É para onde estou indo agora, para o festival; vamos flutuar sobre as águas a noite inteira; cantaremos, beberemos, amaremos. Será que você não consegue *enxergar*?

— Meu caro, aquela cidade está morta e como um lagarto seco. Pode perguntar para qualquer um do seu grupo. Estou indo para a Cidade Verde hoje à noite; é a nova colônia que acabamos de erguer perto da Rodovia Illinois. Você está confuso. Trouxemos trezentos mil metros de toras do Oregon, algumas dúzias de toneladas de bons pregos de aço e martelamos duas das cidadezinhas mais lindas já vistas. Hoje à noite, vamos esquentar uma delas. Alguns foguetes estão chegando da Terra, trazendo nossas esposas e namoradas. Vamos dançar quadrilha e beber uísque...

O marciano então ficou inquieto.
— Você disse que era por *ali*?
— Há foguetes. — Tomás o conduziu até a beira da colina e apontou para baixo. — Está vendo?
— Não.
— Caramba, lá *estão* eles! Aquelas coisas prateadas compridas.
— Não.
Tomás começou a rir.
— Você é cego!
— Enxergo muito bem. É você que não consegue ver.
— Mas você está vendo a *cidade* nova, não está?
— Não vejo nada além de um oceano, e a maré está baixa.
— Meu caro, essa água evaporou há quarenta séculos!
— Ah, agora chega. *Já* basta.
— É verdade, estou dizendo.
O marciano ficou muito sério.
— Repita. Você não está vendo a cidade como a descrevi? As pilastras muito brancas, os barcos muito delgados, as luzes do festival... ah, enxergo tudo com tanta *clareza*! E ouça! Estou ouvindo a cantoria. Não é um espaço vazio de jeito nenhum!
Tomás escutava e sacudia a cabeça.
— Não.
— E eu, por outro lado — disse o marciano —, não consigo enxergar o que você descreve. Muito bem.
Mais uma vez, sentiram um calafrio. A pele se congelou.
— Será que...
— O quê?
— Você disse que "veio do céu"?
— Da Terra.
— Terra, um nome, nada — disse o marciano. — *Mas*... quando passei por ali há uma hora... — Coçou a nuca. — Senti...

— Frio?
— É.
— E agora?
— Frio de novo. Que esquisito. Tinha alguma coisa na luz, nas montanhas, na estrada — disse o marciano. — Senti uma coisa estranha, a estrada, a luz e, por um instante, senti-me como se fosse o último homem vivo neste mundo...
— Eu também! — disse Tomás, e era como se estivesse conversando com um velho amigo querido, trocando confidências, aquecendo-se com o assunto.

O marciano fechou os olhos e abriu de novo.
— Isso só pode significar uma coisa. Tem de estar relacionado ao Tempo. Sim. Você é um fragmento do Passado!
— Não, você é que é do Passado — disse o homem da Terra, depois de refletir um pouco sobre o assunto.
— Você fala com tanta *certeza*. Como é que pode provar quem é do Passado, quem é do Futuro? Em que ano estamos?
— Dois mil e um!
— O que isso significa para *mim*?

Tomás pensou um pouco e deu de ombros.
— Nada.
— É como se lhe dissesse que estamos no ano 4462853 S.E.C. Não quer dizer absolutamente nada! Onde está o relógio para nos mostrar a posição das estrelas?
— Mas as ruínas comprovam isso! Provam que *eu* sou o Futuro, *eu* estou vivo, *você* está morto!
— Tudo em mim nega essa teoria. O meu coração bate, meu estômago tem fome, minha boca tem sede. Não, não, nem morto, nem vivo, nenhum de nós. Mais vivo que qualquer coisa. Pegos no meio de algo, é mais provável. Dois estranhos se cruzando no meio da noite, é isto. Dois estranhos se cruzando. Ruínas, foi o que disse?

— Sim. Você está com medo?

— Quem é que quer enxergar o Futuro? Quem é que *pode* querer? Um homem pode encarar o Passado, mas, pensando melhor... as pilastras *ruíram*, foi o que você disse? E o mar esvaziou, os canais secaram, as moças morreram, as flores secaram? — O marciano ficou em silêncio, mas então olhou para a frente. — Mas lá *estão* elas. Estou vendo. Será que isto não basta para mim? Estão me esperando agora, independentemente do *que* você disser.

E para Tomás, os foguetes, ao longe, esperando por *ele*, e a cidade e as mulheres da Terra.

— Nunca estaremos de acordo — disse.

— Vamos concordar em discordar — disse o marciano. — Que diferença faz o que é o Passado e o que é o Futuro, se estamos ambos vivos, porque o que tem de acontecer acontecerá, amanhã ou daqui a dez mil anos. Como é que você sabe que aqueles templos não são os templos da sua própria civilização daqui a cem séculos, derrubados e em ruínas? Você não sabe. Então, não questione. Mas a noite é muito curta. Lá estão os fogos do festival no céu, e os pássaros.

Tomás estendeu a mão. O marciano fez o mesmo, imitando-o. As mãos não se tocaram, fundiram-se uma na outra.

— Será que nos encontraremos outra vez?

— Quem sabe? Talvez em alguma outra noite.

— Gostaria de acompanhá-lo ao seu festival.

— E eu gostaria de poder ir à sua nova cidade, para ver essa nave de que você fala, para ver esses homens, para saber de tudo o que aconteceu.

— Adeus — disse Tomás.

— Boa noite.

O marciano conduziu seu veículo de metal verde em silêncio para as colinas, o homem da Terra deu a partida e dirigiu em silêncio na direção oposta.

— Meu Deus, que sonho — suspirou Tomás, as mãos no volante, pensando nos foguetes, nas mulheres, no uísque áspero, na dança de quadrilha, na festa.

Que visão mais estranha tinha sido aquela, pensou o marciano, apressando-se, pensando no festival, nos canais, nos barcos, nas mulheres com olhos dourados e nas canções.

A noite estava escura. As luas tinham se posto. As estrelas piscavam sobre a estrada vazia onde já não havia mais som nem carro, ninguém, nada. E continuou assim durante todo o resto daquela noite fria.

OUTUBRO DE 2002

A PRAIA

MARTE ERA UMA PRAIA DISTANTE, e os homens chegavam a ela em ondas. Cada onda diferente, e uma mais forte que a outra. A primeira onda trouxe consigo homens acostumados a espaços amplos, ao frio e à solidão, os homens do deserto e do campo, sem gordura no corpo, rostos que os anos descarnaram, olhos penetrantes, e mãos ásperas como luvas velhas, prontas para pegar em qualquer coisa. Marte não poderia atingi-los de forma alguma, porque tinham sido criados para planícies e pradarias tão amplas quanto os campos marcianos. Chegaram e deixaram as coisas um pouco menos vazias, de modo que outros tivessem coragem de segui-los. Colocaram vidraças em janelas vazias e luzes por trás das vidraças.

Foram os primeiros homens.

Todo mundo sabia quem seriam as primeiras mulheres. Os segundos homens deveriam ter vindo de outros países, com outros sotaques e outras ideias. Mas os foguetes eram americanos, os homens eram americanos e continuavam sendo, enquanto a Europa, a Ásia, a América do Sul, a Austrália e as ilhas observavam as velas romanas deixando-os para trás. O resto do mundo ficou enterrado na guerra ou pensando na guerra.

Então, os segundos homens também eram americanos. E vinham de casinhas acanhadas e dos subterrâneos, e encontraram muito descanso e tranquilidade na companhia dos homens silenciosos dos estados descampados que sabiam como usar silêncios, de modo a enchê-los de paz depois de tantos anos esmagados em tubos, latas e caixas em Nova York.

E entre os segundos homens havia aqueles que, a julgar pelos olhos, pareciam estar a caminho de encontrar Deus...

FEVEREIRO DE 2003

INTERMÉDIO

LEVARAM PARA LÁ quatro mil e quinhentos metros de toras de pinheiros do Oregon e vinte e quatro mil metros de sequoias da Califórnia para construir a Décima Cidade, uma linda cidadezinha elegante na beira dos canais de pedra. Nas noites de domingo, era possível ver a luz saindo através dos vitrais vermelhos, azuis e verdes nas igrejas e ouvir as vozes cantando os hinos numerados. "Agora cantaremos o 79. Agora cantaremos o 94." E em algumas casas ouviam-se as batidas fortes de uma máquina de escrever, um romancista trabalhando, o roçar de uma caneta, o poeta trabalhando, ou barulho nenhum, o antigo catador de lixo da praia trabalhando. Era como se, de muitas maneiras, um enorme terremoto tivesse soltado as raízes e os porões de uma cidadezinha do Iowa, e então, em um instante, um furacão de proporções dignas de Oz tivesse carregado a cidade inteira para Marte, para pousá-la sem nem um sacolejo.

ABRIL DE 2003

OS MÚSICOS

Os meninos penetravam bem fundo no território marciano. Carregavam sacos cheirosos, que abriam de vez em quando durante sua longa caminhada para sentir o perfume suculento dos picles com presunto e maionese, e para ouvir o líquido dos refrescos de laranja gorgolejar nas garrafas que iam esquentando. Balançando seus sacos de compras cheios de cebolas verdes suculentas, chouriços cheirosos, extrato de tomate vermelho e pão branco, desafiavam um ao outro a ultrapassar os limites estabelecidos pelas mães protetoras. Saíam correndo, gritando:

— O primeiro que chegar tem o direito de chutar!

Caminhavam no verão, no outono ou no inverno. No outono era mais divertido, porque então imaginavam que estavam desbravando as folhas secas de outono, como na Terra.

Chegavam como um monte de pedrinhas despejadas nas planícies de mármore ao lado dos canais, os meninos com bochechas cor de bala e olhos azuis como ágata, ofegando ordens ácidas um ao outro. Porque depois de terem chegado à cidade morta e proibida, já não era mais questão de "Quem chegar por último é maricas!" ou "O primeiro a chegar vai ser o músico!". As portas da cidade morta estavam escancaradas e acreditavam escutar o menor estalinho, como folhas de outono, no interior das construções. Avançavam apressados, segurando um no braço do outro, carregando bastões, lembrando que os pais lhes tinham dito: "Lá não! Não, não vá a nenhuma das antigas cidades! Cuidado onde você anda. Levará a maior surra da vida quando chegar em casa. Examinarei seus sapatos!".

E lá estavam eles na cidade morta, um monte de garotos, o almoço do passeio meio devorado, desafiando um ao outro com sussurros agudos.

— Vamos!

E de repente um deles saía correndo até a casa de pedra mais próxima, passava pela porta, atravessava a sala e entrava no quarto. Sem nem olhar direito, chutava tudo para todos os lados, pisoteando tudo, e as folhas enegrecidas voavam secas pelos ares, finas como um pedaço de tecido cortado do céu da meia-noite. Atrás dele vinham correndo outros seis, e o primeiro a chegar seria o Músico, tocando o xilofone de ossos brancos embaixo da coberta de flocos negros. Uma enorme caveira aparecia rolando, como uma bola de neve; e eles gritavam! Costelas, como patas de aranha, trêmulas como uma harpa macabra, e então os flocos negros da morte se erguiam ao redor deles em sua dança desajeitada, e os meninos se empurravam e caíam em cima das folhas, no meio da morte que tinha transformado os cadáveres em flocos secos, em uma brincadeira de meninos com a barriga cheia de refresco de laranja.

Então saíam da casa e entravam em outra, em dezessete casas, sabendo que cada uma das cidades, por sua vez, seria queimada para ser purificada de seus horrores pelos Bombeiros, guerreiros antissépticos com pás e arcas, levando embora os trapos de ébano e os ossos que pareciam palitos de bala de hortelã, separando o terrível do normal, lentamente, mas com convicção; então aqueles meninos precisavam aproveitar o máximo possível, porque os Bombeiros chegariam logo!

Então, reluzentes de tanto suor, devoravam o resto dos sanduíches. Depois de um último chute, um último concerto de marimba, um almoço outonal final no meio dos montes de folhas, voltavam para casa.

Quando chegavam, a mãe examinava os sapatos em busca do resto dos flocos negros que, quando descobertos, terminavam em banhos escaldantes e surras paternas.

No fim do ano, os Bombeiros já tinham recolhido as folhas de outono e os xilofones, e a diversão tinha acabado.

JUNHO DE 2003

FLUTUANDO NO ESPAÇO

— Você soube?
— Soube do quê?
— Dos negros, dos negros!
— E daí?
— Eles vão embora, estão partindo, você não soube?
— Como assim, indo embora? Como podem fazer isso?
— Podem fazer, vão fazer, estão fazendo.
— Só alguns?
— Todos os que moram aqui no Sul!
— Não.
— Sim.
— Preciso ver isso. Não acredito. Para onde estão indo...? Para a África?
Silêncio.
— Marte.
— Você quer dizer o *planeta* Marte?
— Isso mesmo.

Os homens se levantaram na sombra quente da varanda da loja de ferragens. Alguém desistiu de acender um cachimbo. Outra pessoa cuspiu na poeira quente do meio-dia.

— Eles não podem ir embora, não podem fazer isso.
— Vão fazer, de qualquer jeito.
— Onde você ouviu essa notícia?
— Está todo mundo falando, deu no rádio agora, acabou de ser anunciado.

Como uma fileira de estátuas empoeiradas, os homens voltaram à vida.

Samuel Teece, o dono da loja de ferragens, riu sem jeito.

— Fiquei mesmo *imaginando* o que aconteceu com Silly. Mandei-o até a casa da senhora Bordman com a minha bicicleta há uma hora. Ele ainda não voltou. Você acha que aquele preto simplesmente saiu pedalando até Marte?

Os homens riram.

— Só digo uma coisa, ai dele se não trouxer minha bicicleta de volta. Não admito que ninguém me roube, por Deus.

— Ouçam!

Os homens viraram e trombaram, irritados.

Mais adiante, na rua, uma barragem parecia ter estourado. As águas escuras e quentes iam descendo e engolindo a cidade. Entre as calçadas brancas reluzentes das lojas, entre os silêncios das árvores, uma enxurrada negra correu. Como uma espécie de melado de verão, derramou-se túrgida sobre a rua empoeirada cor de canela. Foi crescendo devagar, e foi carregando homens, mulheres, cavalos e cachorros latindo, e também meninos e meninas. E da boca das pessoas que participavam dessa correnteza saía o som de um rio. Um rio de verão correndo para algum lugar, murmurante e irrevogável. E naquele canal lento e contínuo de escuridão que cortava o clarão brilhante do dia havia um toque de alerta branco, os olhos, os olhos de marfim olhando para a frente, desviando-se para os lados conforme o rio, aquele rio longo e infinito, engrossava com os antigos canais. De diversos e incontáveis afluentes, de riachos e ribeirões de cor e movimento, as partes do rio iam se unindo, transformado-se em uma corrente-mãe que não parava de se deslocar. E no topo das ondas vinham coisas que o rio carregava: relógios de parede tocando as horas, relógios de cozinha fazendo seu tique-taque, galinhas em gaiolas cacarejando, bebês chorando. E nadando entre os grossos redemoinhos, mulas e gatos, e repentinas excursões de molas de colchão soltas flutuando, o enchimento insano de pelos escapando. Caixas e caixotes e fotografias de avôs em molduras de carvalho... O rio ia carregando tudo e os homens continuavam lá sentados na varanda da loja de ferragens como cães nervosos, tarde demais para consertar a barragem, de mãos vazias.

Samuel Teece não conseguia acreditar.

— Nossa, diabos, como foi que eles conseguiram o transporte? Como é que eles vão *chegar* a Marte?

— Foguetes — disse o vovô Quartermain.

— Aqueles idiotas. Onde arrumaram foguetes?

— Economizaram e construíram.

— Nunca ouvi falar disso.

— Parece que esses pretos agiram em segredo, trabalharam sozinhos nos foguetes, não sei onde... na África, talvez.

— Mas eles podem *fazer* isso? — quis saber Samuel Teece, andando de um lado para o outro na varanda. — Não há nenhuma lei contra isso?

— Não é como se eles estivessem declarando guerra — disse o vovô, baixinho.

— De onde é que vão decolar, malditos, trabalhando em segredo, maquinando? — gritou Teece.

— Está marcado para todos os negros desta cidade se reunirem perto do lago Loon. Os foguetes estarão lá à uma hora, vão pegá-los e levá-los para Marte.

— Vamos ligar para o governador, chamar o exército — gritou Teece. — Deveriam ter avisado!

— Lá vem a sua mulher, Teece.

Os homens se viraram de novo.

Na estrada iluminada, quente e sem vento, chegou primeiro uma mulher branca e depois outra, todas com rosto estupefato, todas farfalhando como papéis antigos. Algumas choravam, outras permaneciam impassíveis. Todas vinham à procura do marido. Empurravam as portas de vaivém dos botecos, desaparecendo lá dentro. Entravam nas quitandas frias e silenciosas. Iam a farmácias e oficinas. E uma delas, a senhora Clara Teece, chegou à frente empoeirada da varanda da loja de ferragem, piscando sem parar para o marido rígido e bravo, enquanto o rio negro corria a toda a velocidade atrás dela.

— É a Lucinda, você precisa voltar para casa!

— Não vou voltar para casa por causa de uma crioula maldita!

— Ela está indo embora. O que farei sem ela?

— Vai ter de colocar a mão na massa, quem sabe. Eu é que não vou me ajoelhar para impedir que ela vá embora.

— Mas ela é como um membro da família — a senhora Teece choramingou.

— Não grite! Não admito que você fique aí se lamentando em público por causa de uma maldita...

O soluço baixinho da mulher o deteve. Ela enxugou os olhos com um lencinho.

— Fiquei dizendo para ela: "Lucinda, fique que eu aumento o seu salário, e você pode ter *duas* noites de folga por semana se quiser", mas ela já estava decidida. E perguntei-lhe: "Mas você não me *ama*, Lucinda?", e ela respondeu que sim, mas tinha de ir porque as coisas eram assim, e pronto. Ela arrumou a casa, tirou o pó, colocou o almoço na mesa e então... foi até a porta da sala, ficou lá parada com duas trouxas, uma do lado de cada pé, e apertou a minha mão e falou: "Adeus, senhora Teece". E daí foi embora. E lá estava o almoço dela na mesa, e todos nós aborrecidos demais para comer. Continua lá, até agora, eu sei, da última vez que olhei estava esfriando.

Teece quase bateu nela.

— Que diabos, senhora Teece, volte já para casa. Não fique aqui fazendo cena!

— Mas...

Sam entrou na escuridão quente da loja. Voltou alguns segundos mais tarde com uma pistola prateada na mão.

A mulher foi embora.

O rio corria preto entre as construções, com murmúrios, estalos e um farfalhar constante. Era um fluxo silencioso, cheia de certeza; sem risadas, sem violência, só um fluxo firme, decidido e incessante.

Teece sentou-se na ponta de sua cadeira de madeira maciça.

— Se algum deles der uma risada, juro por Deus que o mato.

Os homens ficaram esperando.

O rio passava em silêncio naquele meio-dia idílico.

— Parece que você vai ter de cavoucar seus próprios nabos, Sam — vovô riu.

— Também sou bom em matar caras brancos. — Teece nem olhou para o velho. O vovô virou a cabeça para o outro lado e fechou a boca.

— Espere aí! — Samuel Teece pulou da varanda. Esticou a mão e puxou as rédeas de um cavalo montado por um negro alto. — Você, Belter, é melhor vir aqui!

— Sim, senhor. — Belter apeou.

Teece o examinou.

— O que você acha que está fazendo?

— Bom, senhor Teece...

— Creio que você acha que vai embora, igual àquela música... Como é mesmo a letra? "Flutuando no espaço", não *é* assim?

— É, sim senhor — o negro esperava.

— Você se lembra de que me deve cinquenta dólares, Belter?

— Sim, senhor.

— Você está tentando fugir? Por Deus, vou chicoteá-lo.

— Com toda esta ansiedade, senhor, me esqueci.

— Ele se esqueceu — Teece deu uma piscadela maldosa para os homens na varanda da loja de ferragens. — Por Deus, meu caro, você sabe o que vai acontecer?

— Não, senhor.

— Você vai ficar aqui para trabalhar por esses cinquenta dólares, ou não me chamo Samuel W. Teece — virou-se novamente para sorrir, cheio de confiança, para os homens à sombra.

Belter olhou para o rio se deslocando pela rua, aquele rio escuro que corria entre as lojas, o rio escuro sobre rodas, a cavalo e com sapatos empoeirados, o rio escuro do qual tinha sido arrancado durante seu trajeto. Começou a tremer.

— Deixe-me ir, senhor Teece. Mando o dinheiro de lá, prometo.

— Ouça aqui, Belter — Teece agarrou os suspensórios do homem como se fossem duas cordas de harpa, tocando-as sem parar, desdenhoso, rindo para o céu, apontando um dedo ossudo diretamente para Deus. — Belter, por acaso você sabe alguma coisa sobre o que existe lá em cima?

— O que me contaram.

— O que contaram para ele! Cristo! Vocês ouviram isso? O que contaram para ele! — ergueu o homem pelos suspensórios, descuidado, como que sem querer, dando um peteleco no rosto negro. — Belter, você vai voar lá para cima igual a um foguete do dia da Independência, e *bang*! Pronto, cinzas espalhadas por todo o espaço. Eles não sabem de nada, vão matar todos vocês.

— Não faz mal.

— É bom ouvir isso. Porque você sabe o que há naquele planeta Marte? Monstros com olhos cruéis iguais a cogumelos! Você viu as fotos naquelas revistas de ficção científica que você compra no mercado por dez centavos, não viu? Então! Aqueles monstros pulam em cima da gente e sugam o tutano dos ossos!

— Não faz mal, não faz mal, não faz mal — Belter observava a procissão avançar, deixando-o para trás. Sua testa escura estava coberta de suor. Parecia prestes a desmaiar.

— E lá é frio; não tem ar, a gente cai no chão, se contorcendo igual a um peixe, sem conseguir respirar, estrangulando e morrendo. O que você *acha* disso?

— Tem muitas coisas de que eu não gosto, senhor. Por favor, deixe-me ir. Estou atrasado.

— Vou deixar você ir quando estiver *pronto* para deixar. Vamos simplesmente ficar aqui conversando educadamente até eu dizer que você pode ir, e você sabe muito bem disso. Você quer viajar, não quer? Bom, senhor Flutuando no Espaço, faça-me o favor de ir agora mesmo para casa e trabalhar todos aqueles cinquenta dólares que me deve! Vai demorar dois meses!

— Mas, se ficar para trabalhar, perderei o foguete, senhor!

— Não é uma pena? — Teece tentou parecer triste.

— Dou-lhe meu cavalo, senhor.

— Cavalo não serve para pagar dívida. Você não vai a lugar nenhum até eu receber meu dinheiro — Teece riu por dentro. Ele se sentia aquecido e feliz.

Uma pequena multidão de morenos tinha se juntado para ouvir tudo aquilo. Belter estava ali, em pé, com a cabeça abaixada, tremendo, e um velho deu um passo à frente.

— Senhor?

Teece lançou-lhe um olhar de soslaio.

— O que é?

— Quanto é que o homem lhe deve?

— Não é da sua conta!

O homem olhou para Belter.

— Quanto, filho?

— Cinquenta dólares.

O velho estendeu a mão para as pessoas a sua volta:

— Somos vinte e cinco aqui. Cada um dá dois dólares, rápido, não há tempo para discutir.

— Ei, que é isso? — gritou Teece, inchando o peito, fazendo-se grande.

O dinheiro apareceu. O velho contou no chapéu e entregou o chapéu para Belter.

— Filho — disse —, você não vai perder foguete nenhum.

Belter sorriu, olhando para o chapéu.

— Não, senhor, acho que não!

Teece gritou:

— Pode devolver esse dinheiro para eles!

Belter fez uma mesura respeitosa, entregou o dinheiro, e quando Teece se recusou a pegá-lo, colocou no chão, a seus pés.

— Aqui está seu dinheiro, senhor — disse. — Muito obrigado por sua gentileza. — Sorrindo, retomou a sela do cavalo e chicoteou o animal, agradecendo ao velho, que o acompanhou até sumirem do alcance dos olhos e dos ouvidos.

— Filho da puta — sussurrou Teece, olhando às cegas para o Sol. — Filho da puta.

— Pegue o dinheiro, Samuel — disse alguém da varanda.

O mesmo acontecia por todo o trajeto. Menininhos brancos, descalços, corriam para espalhar a notícia.

— Os que têm dinheiro ajudam aos que não têm! E assim *todos* eles vão se libertar! Vi um homem rico dar duzentas pratas a um pobre para pagar alguma coisa! Vi alguém dar dez dólares para outra pessoa, cinco dólares, dezesseis, um monte, por todo lado, todo mundo!

Os brancos ficavam lá sentados com a boca azeda. Os olhos estavam tão inchados que quase se fechavam, como se tivessem recebido uma lufada de vento, areia e calor no rosto.

Samuel Teece estava tomado pela raiva. Subiu na varanda e ficou olhando para a aglomeração que passava. Agitou a pistola. E depois de um tempo, quando precisou tomar alguma atitude, começou a gritar para qualquer um, para qualquer negro que olhava para ele.

— *Bang!* Lá vai mais um foguete para o espaço! — gritava bem alto, para todo mundo ouvir. — *Bang!* Pelo amor de Deus! — As cabeças negras nem se abalavam, fingiam não escutar, mas os olhos se movimentavam um pouco para o lado e logo voltavam para a frente. — *Bam!* Todos os foguetes caindo! Berrando, morrendo! *Bang!* Deus Todo-Poderoso, ainda bem que *eu* estou aqui na boa e velha *terra firma*. Como diz aquela velha piada, quanto mais *firma*, menos *terra*! Ha, ha!

Os cavalos marchavam, levantando poeira. As carroças rangiam sobre as molas estragadas.

— *Bang!* — a voz dele era solitária no calor, tentando apavorar a poeira e o céu ensolarado. — *Bum!* Pretos por todo o espaço! Atirados para fora dos foguetes igual a peixinhos atingidos por um meteoro, por Deus! O espaço é cheio de meteoros. Vocês sabiam disso? Claro! Grossos como um tiro de carabina, *cabum*! Vão acertar esses foguetes de lata igual patinhos na lagoa, igual um cano de barro! Umas latas de sardinha velhas cheias de bacalhau preto! Batendo igual massa de bolo, *bang, bang, bang*! Dez mil mortos aqui, dez mil ali. Flutuando no espaço, dando voltas e mais voltas na terra, para sempre e para sempre, lá no frio, bem longe, Senhor! *Vocês aí, ouviram?*

Silêncio. O rio era largo e contínuo. Tinha entrado em todas as cabanas das plantações de algodão naquela hora, inundando tudo e levando os objetos de valor para fora, agora carregava relógios e tábuas de lavar roupa, grampos de seda e rolos de cortina para bem longe, para algum mar escuro.

A maré alta passou. Eram duas da tarde. Veio a maré baixa. Logo o rio secou, a cidade silenciou, a poeira formou uma película sobre as lojas, sobre os homens sentados, sobre as árvores altas.

Silêncio.

Os homens na varanda escutavam.

Sem ouvir nada, estenderam seu pensamento e imaginação até as pradarias ali por perto. De manhã bem cedo, o lugar estivera cheio de seus ruídos normais das atividades. Aqui e ali, com a persistência teimosa de sempre, vozes cantaram, risadas doces sob os galhos de mimosa, os bebezinhos negros banhando-se e se divertindo na água límpida do riacho, a movimentação e os corpos curvados nos campos, piadas e gritos divertidos das cabanas cobertas por telhas e trepadeiras verdes.

Agora, era como se um vento enorme tivesse levado embora todo o som da terra. Não havia nada. Portas esqueléticas se escancaravam em suas dobradiças de couro. Balanços de pneu balançavam no ar, soltos. As pedras de lavar roupa no rio estavam vazias, e os pomares de melancia, se ainda existissem, tinham sido abandonados para esquentar seu líquido oculto ao sol. Aranhas começaram a tecer teias novas em cabanas abandonadas; a poeira começava a entrar por telhados esburacados, em agulhinhas douradas. Aqui e ali um fogo, esquecido na pressa, resistia e, em um acesso repentino de força, alimentava-se dos ossos secos de alguma cabana sem nada. O som das chamas suaves cortava o silêncio do ar.

Os homens continuavam sentados na varanda da loja de ferragens, sem piscar nem engolir.

— Não consigo entender por que eles foram embora *agora*. As perspectivas são boas, quer dizer, cada dia conquistavam mais direitos. O que eles *querem*, afinal de contas? Aqui já não há mais imposto, cada vez mais estados aprovam leis antilinchamento, e eles têm todos os tipos de direitos igualitários. O que *mais* querem? Ganham quase tanto quanto os brancos e, mesmo assim, lá vão eles.

Ao longe, na rua vazia, apareceu uma bicicleta.

— Com os diabos. Teece, lá vem seu Silly.

A bicicleta parou na frente da varanda, com um rapaz negro de dezessete anos em cima, com pernas e braços compridos, pés grandes e cabeça de melancia. Olhou para Samuel Teece e sorriu.

— Você ficou com peso na consciência e resolveu voltar — disse Teece.

— Não, senhor. Só vim trazer a bicicleta.

— Qual é o problema? Não conseguiu embarcar no foguete?

— Não foi isso, senhor.

— Não venha me dizer o que foi! Saia já daí, você não vai roubar os meus pertences — empurrou o garoto. A bicicleta caiu. — Pode entrar e começar a polir os metais.

— Perdão? — os olhos do garoto se esbugalharam.

— Você ouviu o que eu disse. Tem uns revólveres que precisam ser desempacotados ali, e um caixote de pregos que acabou de chegar de Natchez...

— Senhor Teece.

— E uma caixa de martelos que precisa ser consertada...

— Senhor Teece?

— Você *ainda* está parado aí! — Teece encarou-o.

— Senhor Teece, o senhor não se importa se eu tirar o dia de folga — disse, em tom de desculpa.

— E amanhã, depois de amanhã e depois depois de amanhã — disse Teece.

— Creio que sim, senhor.

— Pois não devia *crer* em nada, moleque. Venha aqui — empurrou o garoto pela varanda e tirou um papel de uma gaveta. — Lembra-se disto aqui?

— Senhor?

— É seu contrato de trabalho. Você assinou, o seu X está bem aqui, não está? Responda.

— Eu não assinei isso, senhor Teece — o garoto tremia. — Qualquer pessoa pode rabiscar um X.

— Ouça bem, Silly. "Contrato: Trabalhar para o senhor Samuel Teece durante dois anos, começando no dia 15 de julho de 2001, e se tiver a intenção de sair, darei aviso prévio de quatro semanas e continuarei a trabalhar até que o meu cargo seja preenchido." Pronto — Teece jogou o papel na mesa, os olhos brilhando. — Se você causar problemas, vamos à Justiça.

— Não posso fazer isso — choramingou o garoto, lágrimas escorrendo pelo rosto. — Se não for hoje, não vou mais.

— Sei exatamente como você se sente, Silly; sei sim, e me compadeço de você, moleque. Mas trato-o bem e dou-lhe o que comer, moleque. Agora, entre, comece a trabalhar e esqueça toda essa bobagem, certo, Silly? Claro — Teece sorriu e deu tapinhas afetuosos no ombro do garoto.

O garoto se virou e olhou para os velhos sentados na varanda. Mal conseguia enxergar por causa das lágrimas.

— Quem sabe... quem sabe um destes senhores aqui...

Os homens ergueram a cabeça sob as sombras quentes e desconfortáveis, olhando primeiro para o garoto e depois para Teece.

— Você está dizendo que acha que um *branco* deve tomar o seu lugar, moleque? — perguntou Teece, com frieza.

Vovô Quartermain tirou as mãos avermelhadas dos joelhos. Olhou para o horizonte, pensativo, e disse:

— Teece, o que você acha de mim?

— O quê?

— Fico com o emprego do Silly.

A varanda ficou em silêncio.

Teece equilibrou-se no ar.

— Vovô... — disse, em tom de aviso.

— Deixe o garoto ir. Eu limpo os metais.

— Sério? Sério? — Silly correu até o velho, rindo, as lágrimas escorrendo pelas bochechas, sem acreditar.

— Claro.

— Vovô — disse Teece. — Não se meta.

— Dê uma folga para o menino, Teece.

Teece caminhou até onde o garoto estava e agarrou-o pelo braço.

— Ele é meu, vou trancá-lo no quartinho dos fundos até a noite.

— Não faça isso, senhor Teece!

O garoto então começou a soluçar. Seu choro encheu o ar da varanda. Seus olhos se apertaram. Ao longe, na rua, um último Ford velho de lata vinha engasgando, aproximando-se, carregando uma última carga de pessoas negras.

— Lá vem a minha família, senhor Teece, ah, por favor, por favor, pelo amor de Deus, por favor!

— Teece — disse um dos outros homens na varanda, levantando-se. — Deixe que vá.

Outro homem também se levantou.

— Também sou da mesma opinião.

— E eu também — disse outro.

— Que adianta? — todos os homens começaram a falar. — Esqueça, Teece.

— Deixe que vá.

Teece apalpou a pistola no bolso. Viu o rosto dos homens. Afastou a mão e deixou a arma no bolso e disse:

— Então as coisas são assim?

— São assim — alguém respondeu.

Teece largou o menino.

— Está certo. Saia daqui — fez um sinal com a mão para dentro da loja. — Mas espero que você não fique achando que vai deixar algum lixo para trás para encher a minha loja.

— Não, senhor.

— Pode tirar todas as suas coisas da cabana lá do fundo; queime tudo.

Silly sacudiu a cabeça.

— Vou levar comigo.

— Não vão deixar você colocar tudo aquilo na porcaria do foguete.

— Vou levar comigo — o garoto insistiu, baixinho.

Atravessou a loja correndo. Ouviram-se sons de vassoura e de polimento, e um instante depois ele apareceu, as mãos cheias de camisetas, bolas de gude, velhas pipas empoeiradas e um monte de besteiras juntadas ao longo dos anos. Foi então que o velho Ford de lata passou por ali. Silly subiu e a porta bateu. Teece ficou parado na varanda com um sorriso amargo.

— O que você vai fazer *lá em cima?*

— Vou recomeçar — respondeu Silly. — Vou ter uma loja de ferragens *minha*.

— Caramba, você andou aprendendo o meu ofício para cair fora e usar o conhecimento!

— Não, senhor, nunca achei que um dia *isto* aconteceria, senhor, mas aconteceu. E não é minha culpa eu ter aprendido, senhor Teece.

— Imagino que seus foguetes tenham nome?

Olharam para o único relógio do painel do carro.

— Sim, senhor.

— Como Elias e a Carruagem, a Grande Roda e a Pequena Roda, Fé, Esperança e Caridade, não?

— Demos nomes aos foguetes, senhor Teece.

— Pai, Filho e Espírito Santo, imagino? Diga, moleque, será que tem um chamado Primeira Igreja Batista?

— Precisamos ir agora, senhor Teece.

Teece riu.

— Tem um chamado Balanço Baixo e outro Doce Carroça?

O carro deu a partida.

— Adeus, senhor Teece.

— Tem um chamado Estoura Ossos?

— Adeus, senhor.

— E outro chamado Por Cima do Jordão! Ha! Bom, entre naquele foguete, moleque, suba naquele foguete, moleque, vá em frente, pode explodir, veja se me importo!

O carro desapareceu na poeira. O garoto se ergueu, colocou as mãos em volta da boca e gritou uma última vez para Teece:

— Senhor Teece, senhor Teece, o que *o senhor* vai fazer à noite daqui para a frente? O que vai *fazer* à noite, senhor Teece?

Silêncio. O carro desapareceu na rua. Tinha ido embora.

— De que diabos ele estava falando? — Teece pensou com seus botões. — O que farei à noite?

Ficou olhando a poeira baixar e de repente compreendeu.

Lembrou-se das noites quando homens iam até sua casa, com os joelhos salientes apoiando armas ainda mais salientes, como um carregamento de guindastes sob as árvores noturnas do verão, os olhos cheios de maldade. Buzinavam e ele saía batendo a porta, uma arma na mão, rindo para si mesmo, o coração disparado como o de um menininho de dez anos, todos se dirigindo até alguma estrada no meio da noite de verão, um laço de corda de cânhamo no chão do carro, caixas novas cheias de balas, enchendo os bolsos dos homens. Quantas noites com o vento batendo no carro, jogando o cabelo para cima de seus olhos maldosos, vagando, até escolherem uma árvore, uma boa árvore bem forte, e batiam na porta de um barraco!

— Então é *disso* que esse filho da puta está falando? — Teece ergueu-se de um pulo para o sol. — Volte aqui, seu canalha! O que vou fazer à noite? Pois saiba, seu filho da puta insolente...

Era uma boa pergunta. Ficou tonto e se sentiu vazio. Sim. "O que é ele *faria* à noite?", pensou. "Agora que *elas* se foram, o quê?" Estava completamente vazio e entorpecido.

Tirou a pistola do bolso, conferiu a carga.

— O que é que você vai fazer, Sam? — alguém perguntou.

— Vou matar aquele filho da puta.

Vovô disse:

— Não esquente a cabeça.

Mas Samuel Teece já tinha desaparecido atrás da loja. Logo depois saiu com seu carro sem capota.

— Alguém vem comigo?

— Bem que gostaria de dar um passeio — disse vovô, levantando-se.

— Alguém mais?

Ninguém respondeu.

Vovô entrou e bateu a porta. Samuel Teece pisou fundo e o partiu em meio a um grande redemoinho de poeira. Ficaram em silêncio enquanto percorriam a estrada com rapidez, sob o céu límpido. O calor das pradarias secas subia no ar.

Pararam em uma encruzilhada.

— Para que lado eles foram, vovô?

Vovô apertou os olhos.

— Em frente, acho.

Prosseguiram. Sob as árvores de verão, o carro fez um barulho solitário. A estrada estava vazia e, à medida que avançavam, começaram a perceber uma coisa. Teece diminuiu a velocidade e se debruçou para fora, os olhos amarelos afiados.

— Com o diabo, vovô, você viu o que esses canalhas fizeram?

— O quê? — perguntou o Vovô, olhando.

Bem no lugar onde tinham sido dispostos e deixados, em trouxas arrumadinhas em espaços de menos de um metro pela estrada de terra, havia patins velhos, uma bandana cheia de bugigangas, alguns sapatos velhos, um carrinho de mão, pilhas de calças e casacos e chapéus antigos, pedacinhos de cristal oriental que no passado tilintavam ao vento, latas com gerânios cor-de-rosa, tigelas de frutas de cera, pacotes de dinheiro confederado, banheiras, tábuas de lavar roupa, cordas de varal, sabonetes, o triciclo de alguém, as tesouras de podar de alguém mais, um trenzinho de brinquedo, um vitral colorido da igreja batista dos negros, um conjunto inteiro de arreios, canos, colchões, sofás, cadeiras de balanço, potes de creme frio, espelhos de mão. Nada jogado, não, tudo colocado com cuidado e carinho, com decência, na beira empoeirada da estrada, como se uma cidade inteira tivesse saído dali de mãos cheias, uma grande trombeta de bronze tivesse tocado, e então os artigos tivessem sido deixados à poeira silenciosa, e cada um deles, os habitantes do local, tivessem saído voando diretamente para o céu azul.

— Não queriam queimar nada, foi o que disseram — gritou Teece, bravo. — Não, não quiseram queimar como mandei, mas tinham de carregar consigo e largar em um lugar onde poderiam ver tudo pela última vez, na estrada, tudo junto. Os negros se acham espertos.

Pisou fundo no acelerador, quilômetro após quilômetro, pela estrada afora, aos solavancos, batendo nas coisas, quebrando tudo, espalhando montes de papel, caixinhas de joias, espelhos, cadeiras.

— Pronto, diabos, e *pronto*.

O pneu da frente sibilou. O carro saiu rodando loucamente da estrada e caiu em uma valeta, jogando Teece contra o vidro.

— Filho da puta! — tirou o pó das roupas e saiu do carro, quase chorando de tanta raiva.

Olhou para a estrada em silêncio e vazia.

— Agora nunca mais vamos conseguir alcançá-los, nunca, nunca — até onde dava para enxergar, não havia nada além de trouxas, pilhas e mais trouxas dispostas cuidadosamente, como altarzinhos abandonados no fim do dia, sob o vento que soprava quente.

Teece e o vovô retornaram à loja de ferragens uma hora depois, caminhando, cansados. Os homens ainda estavam sentados ali, escutando com atenção, observando o céu. Bem quando Teece se sentou e desamarrou os sapatos apertados, alguém gritou:

— Olhem!

— Que se dane! — respondeu Teece.

Mas os outros olharam. E viram os foguetes dourados erguendo-se no céu. Deixando um rastro de chamas, sumiram.

Nas plantações de algodão, o vento soprava preguiçoso entre os chumaços branquinhos. Em campinas ainda mais distantes, as melancias repousavam, intocadas, como tartarugas estiradas ao sol.

Os homens na varanda aprumaram o corpo, olharam um para o outro, olharam para as cordas amarelas empilhadas com cuidado nas prateleiras da loja, olharam para as balas brilhando com seu latão amarelado em seus estojos, viram as pistolas prateadas e as espingardas compridas de metal negro penduradas lá no alto, silenciosas nas sombras. Alguém colocou um capim na boca. Alguém desenhou uma figura na poeira do chão.

Afinal, Samuel Teece ergueu o sapato, triunfante, virou-se, ficou olhando, e disse:

— Vocês não repararam? Até o último instante, por Deus, ele me chamou de "senhor"!

2004-2005

A ESCOLHA DOS NOMES

CHEGARAM AOS TERRITÓRIOS AZUIS estranhos e colocaram seu nome nos acidentes geográficos. Ali ficava o Riacho Hinkston, o Cabo Lustig, o Rio Black, a Floresta Driscoll, a Montanha Peregrine e a Cidade Wilder, todos nomes de pessoas e coisas que as pessoas faziam. O lugar onde os marcianos mataram os primeiros homens da Terra era a Cidade Vermelha, e tinha relação com sangue. O lugar onde a segunda expedição tinha sido destruída chamava-se Segunda Tentativa, e cada um dos outros lugares em que os homens dos foguetes tinham marcado o terreno com seus caldeirões ferventes, os nomes foram deixados como cinzas, e é claro que havia a Colina Spender e a Cidade Nathaniel York.

Os antigos nomes marcianos eram nomes de água, ar e de colinas. Eram nomes de neves que caíam no sul em canais de pedra para preencher os mares vazios. E nomes de feiticeiras enterradas, de torres e de obeliscos. E os foguetes esmagavam todos os nomes como marretas, transformando o mármore em argila, despedaçando os marcos de barro que davam nome às antigas cidades, e nesses escombros enfiavam-se postes suntuosos com novos nomes: CIDADE DO FERRO, CIDADE DO AÇO, CIDADE DO ALUMÍNIO, VILAREJO ELÉTRICO, CIDADE DO MILHO, CHÁCARA DOS GRÃOS, DETROIT II, todos aqueles nomes de sempre e dos metais da Terra.

E depois que as cidades foram construídas e batizadas, os cemitérios também foram construídos e nomeados: Colina Verde, Cidade dos Musgos, Colina da Despedida, Terreno de Lágrimas; e os primeiros mortos foram para os túmulos.

Mas depois que tudo estava definido e colocado em seu lugar, quando tudo estava certo e seguro, quando as cidades já estavam bem montadas e a solidão estava no nível mínimo, então chegaram os homens sofisticados da Terra. Vinham em grupos e em excursões de férias, em pequenas viagens para comprar bugigangas, tirar fotografias e sentir a "atmosfera"; vinham fazer estudos e aplicar leis sociológicas; chegavam com estrelas, condecorações, regras e regulamentações, trazendo consigo um pouco da burocracia que tinha se espalhado sobre a Terra como uma erva daninha alienígena, deixando-a crescer em Marte onde quer que conseguisse fincar raízes. Começaram a planejar a vida das pessoas e bibliotecas; começaram a dar instruções e pressionar aquelas mesmas pessoas que tinham ido a Marte fugindo de instruções, regras e pressões.

E era inevitável que algumas dessas pessoas, por sua vez, também fizessem pressão...

ABRIL DE 2005

USHER II*

— "Durante todo um dia monótono, escuro e silencioso no outono daquele ano, quando as nuvens pairavam no céu opressivas, baixas, eu cavalgava sozinho em um trecho particularmente sombrio do caminho, e afinal me encontrei, quando as sombras da noite já caíam, às vistas da melancólica Casa Usher..."

O senhor William Stendahl fez uma pausa em sua leitura. Ali, sobre uma colina baixa e negra, erguia-se a Casa, e sua pedra fundamental trazia a inscrição 2005 d.C.

O senhor Bigelow, arquiteto, disse:

— Está pronta. Aqui está a chave, senhor Stendahl.

Os dois homens ficaram em silêncio na calma tarde de outono. Plantas farfalhavam sobre o capim da ravina a seus pés.

— A Casa Usher — disse o senhor Stendahl com prazer. — Projetada, construída, comprada, paga. O senhor Poe não ficaria *satisfeito*?

O senhor Bigelow apertou os olhos.

---

* Copyright © 1950 by Standards Magazine, Inc.

— É tudo que o senhor queria?
— Sim.
— A cor está adequada? É *desolada* e *pavorosa*?
— *Muito* desolada, *muito* terrível!
— As paredes estão *toscas*?
— De modo surpreendente!
— O laguinho está suficientemente escuro e lúgubre?
— Incrivelmente escuro e lúgubre ao extremo.
— E os juncos... tivemos de tingi-los, o senhor sabe. Estão no tom cinzento e de ébano adequado?
— Repugnante!

O senhor Bigelow consultou suas plantas arquitetônicas. Leu um trecho delas:

— Será que toda a estrutura causa "frieza, aperto no coração, medo das próprias ideias"? A casa, o lago, o terreno, senhor Stendahl?

— Senhor Bigelow, valeu cada centavo! Meu Deus, é linda!

— Obrigado. Precisei trabalhar em completa ignorância. Graças a Deus o senhor tem seus próprios foguetes particulares, ou então nunca teríamos conseguido trazer a maior parte do equipamento. Repare, aqui sempre se está no crepúsculo, aqui neste terreno é sempre outubro, árido, estéril, morto. Deu um belo trabalho. Matamos tudo. Dez mil toneladas de DDT. Não sobrou nenhuma cobra, sapo ou mosca marciana! Sempre ao crepúsculo, senhor Stendahl; orgulho-me muito disso. Há máquinas, escondidas, que bloqueiam o sol. O lugar é sempre "assustador".

Stendahl absorveu aquilo, o terror, a opressão, os vapores fétidos, toda a "atmosfera" tão delicadamente planejada e ajustada. E aquela casa! O terror medonho, aquele lago maldito, os fungos, a podridão disseminada! Plástico ou qualquer outro material, quem saberia a diferença?

Olhou para o céu de outono. Em algum lugar lá em cima, bem longe, estava o Sol. Em algum lugar era o mês de abril no planeta Marte, um mês amarelo com céu azul. Em algum lugar lá em cima, os foguetes ardiam para civilizar um lindo planeta morto. O som de sua passagem ruidosa era abafado por este mundo sombrio, à prova de som, este antigo mundo outonal.

— Agora que meu trabalho está pronto — disse o senhor Bigelow, constrangido —, sinto-me à vontade para perguntar-lhe o que pretende fazer com tudo isto.

— Com a Casa de Usher? O senhor não imagina?

— Não.

— O nome Usher não significa nada para o senhor?

— Nada.

— Bom, e o que o senhor acha *deste* nome: Edgar Allan Poe?

O senhor Bigelow sacudiu a cabeça.

— Claro. — Stendahl soltou uma risada delicada, uma combinação de consternação e de desprezo. — Como poderia achar que o senhor conheceria o abençoado Poe? Ele morreu há muito tempo, antes de Lincoln. Todos os seus livros foram queimados na Grande Fogueira. Foi há trinta anos... 1975.

— Ah — disse o senhor Bigelow, sabiamente. — Era um *desses*!

— Sim, um desses, Bigelow. Ele, Lovecraft, Hawthorne, Ambrose Bierce e todos os contos de terror, fantásticos, de horror e, por este motivo, contos do futuro foram queimados. Sem dó nem piedade. Aprovaram uma lei. Ah, começou muito discreta. Em 1950 e 1960, era um grãozinho de areia. Começaram controlando, de uma maneira ou outra, os livros ilustrados e os livros de detetives e, claro, os filmes. Um grupo qualquer, uma inclinação política, um preconceito religioso, pressões do sindicato, sempre havia uma minoria com medo de alguma coisa, e a grande maioria tinha medo do escuro, tinha medo do passado, tinha medo do presente, tinha medo deles mesmos e das sombras deles.

— Compreendo.

— Tinham medo da palavra "política" (que acabou se transformando em sinônimo de comunismo entre os elementos mais reacionários, foi o que me disseram, e usar tal palavra era fatal!), e com uma chave de fenda apertavam aqui, ajeitavam um parafuso lá, puxavam, empurravam, davam um solavanco, e a arte e a literatura logo se transformaram em um enorme emaranhado de bala puxa-puxa, sendo trançadas e jogadas em todas as direções, até que não lhes restasse nenhuma alegria e sabor. Então os projetores foram desligados, os teatros escureceram, as impressoras cessaram seu jorro de material de leitura, que era como as cataratas do Niágara, transformando a produção em pingos inócuos de material mais "puro". Ah, posso dizer-lhe que a palavra "escapatória" também era radical!

— Era mesmo?

— Sim! Todos os homens, diziam, precisavam encarar a realidade. Precisavam encarar o Aqui e Agora! Tudo que *não* fosse assim precisava ser destruído. Toda a linda literatura que ousasse apresentar a fantasia deveria ser abatida em pleno voo. Então, em uma manhã de domingo há trinta anos, em 1975, alinharam todas essas obras contra a parede de uma biblioteca. Papai Noel, O Cavaleiro Sem Cabeça, Branca de Neve, Rumpelstiltskin e a Mamãe Ganso, ah, que lamentável... Eles foram abatidos, queimaram seus castelos de papel, os sapos dos contos de fadas, os antigos reis e as pessoas que viveram felizes para sempre (porque, é claro, *ninguém* de fato vivia feliz para sempre!), e "Era uma vez" transformou-se em "Nunca mais"! E espalharam as cinzas do Riquixá Fantasma com as ruínas da Terra de Oz; fatiaram os ossos de Glinda, a fada boa do Sul, e de Oz, despedaçaram Policromo em um espectroscópio e serviram João Cabeça de Abóbora com suspiro no baile dos biólogos! O pé de feijão morreu em um emaranhado de burocracia! A Bela Adormecida acordou com o beijo de um cientista e morreu com a picada fatal de sua seringa. E fizeram Alice beber alguma coisa que a reduziu tanto que ela não podia mais gritar "Que estranho estranhíssimo!". E despedaçaram o espelho encantado com um golpe de marreta e mandaram embora todas as Ostras e o Rei Vermelho!

Cerrou os punhos. Meu Deus, como aquilo era imediato! Seu rosto ficou vermelho e ele tinha dificuldade para respirar.

Já o senhor Bigelow ficou bastante estupefato com esta longa explosão. Piscou e afinal disse:

— Desculpe-me, mas não sei do que o senhor está falando. Para mim, são apenas nomes. Pelo que ouvi dizer, a Fogueira foi uma coisa boa.

— Saia daqui! — gritou Stendahl. — Você já fez seu trabalho, agora me deixe em paz, seu idiota!

O senhor Bigelow chamou seus carpinteiros e foi embora.

O senhor Stendahl ficou sozinho na frente de sua casa.

— Ouçam aqui — disse para os foguetes invisíveis. — Vim para Marte fugindo de vocês, gente de Mente Limpa, mas vocês estão se assomando a cada dia, como moscas sobre sobras. Então vou lhes ensinar uma bela lição pelo que vocês fizeram com o senhor Poe na Terra. A partir deste dia, fiquem atentos. A Casa Usher está em pleno funcionamento!

Brandiu o punho fechado para o céu.

O foguete pousou. Um homem desceu alegremente. Deu uma olhada na Casa, e seus olhos cinzentos ficaram desgostosos e vexados. Atravessou o canal para falar com o pequeno homem que estava ali.

— Seu nome é Stendahl?
— Sim.
— Sou Garrett, investigador de Climas Morais.
— Então, o pessoal dos Climas Morais chegou a Marte? Perguntava-me quando vocês apareceriam.
— Chegamos na semana passada. Logo as coisas estarão tão arrumadas e organizadas quanto na Terra. — O homem sacudiu uma carteira de identificação, todo irritado, na direção da Casa. — Que tal me falar a respeito desse lugar aí, senhor Stendahl?
— É um castelo assombrado, se assim preferir.
— Não gostei nada. Senhor Stendahl, *não* gostei. Do som da palavra *assombrado*.
— É bem simples. Neste ano do Nosso Senhor de 2005, construí um santuário mecânico. Dentro dele, morcegos de cobre voam em feixes eletrônicos, ratos de latão correm em porões de plástico, esqueletos robotizados dançam; vampiros robôs, arlequins, lobos e fantasmas brancos, compostos de produtos químicos e ingenuidade, moram aqui.
— Era o que temia — disse Garrett, sorrindo calmamente. — Creio que precisaremos demolir sua casa.
— Sabia que vocês viriam assim que descobrissem o que estava acontecendo.
— Eu teria vindo antes, mas nós, dos Climas Morais, queríamos ter certeza de suas intenções antes de agir. Podemos mandar a equipe de Desmanche e Incêndio até a hora do jantar. À meia-noite sua casa estará no chão. Senhor Stendahl, considero-o um tanto tolo. Gastar dinheiro suado em tamanha tolice. Nossa, deve ter custado uns três milhões de dólares...
— Quatro milhões! Mas herdei vinte e cinco milhões quando era muito jovem. Posso me dar o luxo de gastar como quiser. Parece-me uma pena terrível, no entanto, terminar de construir

minha casa e em uma hora o senhor estar aqui, correndo com sua equipe de Desmanche. Será que o senhor não pode me deixar brincar um pouquinho... Digamos, vinte e quatro horas?

— O senhor conhece a lei. Ao pé da letra. Nada de livros, nada de casas, nada que sugira fantasmas, vampiros, fadas ou qualquer criatura imaginária.

— Daqui a pouco os senhores estarão queimando Babbitts!

— O senhor já causou muitos problemas. Está na sua ficha. Há vinte anos. Na Terra. O senhor e a sua biblioteca.

— É, eu e a minha biblioteca. E alguns outros como eu. Ah, Poe já foi esquecido há tantos anos a esta altura, assim como Oz e as outras criaturas. Mas eu tinha a minha pequena reserva. Tínhamos nossas bibliotecas, alguns cidadãos particulares, até que vocês enviaram seus homens com suas tochas e incineradores e rasgaram e queimaram meus cinquenta mil livros. Da mesma maneira que fincaram uma estaca no coração do Halloween e disseram aos produtores desses filmes que se fossem fazer alguma coisa, que filmassem e refilmassem Ernest Hemingway. Meu Deus, quantas vezes já assisti *Por quem os sinos dobram*! Trinta versões diferentes. Todas realistas. Ah, o realismo! Ah, aqui, ah, agora, ah, diabos!

— Não vale a pena ser amargo.

— Senhor Garrett, o senhor precisa entregar um relatório completo, não é?

— Preciso.

— Então, pelo bem da curiosidade, é melhor que entre e dê uma olhada. Só vai demorar um minuto.

— Certo. Pode mostrar o caminho. E sem truques. Estou armado.

A porta da Casa Usher rangeu e se abriu. Um vento úmido saiu lá de dentro. Ouviram-se imensos suspiros e murmúrios, como um enorme fole subterrâneo respirando nas catacumbas perdidas.

Um rato passou correndo pelas pedras do chão. Garrett, aos berros, chutou-o. O rato caiu e de sua pele de náilon saiu uma incrível horda de pulgas de metal.

— Surpreendente! — Garrett curvou-se para olhar.

Uma bruxa velha estava sentada em uma reentrância, as mãos de cera tremendo sobre algumas cartas de tarô alaranjadas e azuis. Ela movimentava a cabeça e assobiava pela boca desdentada para Garrett, tocando nas cartas ensebadas.

— Morte! — gritava.

— Pronto, *este* é o tipo de coisa de que estou falando — disse Garrett. — Deplorável!

— Permito que o senhor a queime pessoalmente.

— É verdade? — Garrett deliciou-se, mas depois ficou pensativo. — Devo dizer que o senhor está aceitando tudo isto bem demais.

— Foi suficiente simplesmente ser capaz de criar este lugar. Ser capaz de dizer que o concretizei. Dizer que criei uma atmosfera medieval em um mundo moderno e incrédulo.

— Eu, pessoalmente, tenho uma espécie de admiração relutante pela sua genialidade, senhor. — Garrett observou uma névoa que passava sussurrando e sussurrando no formato de uma mulher bonita e nebulosa. No fundo de um corredor úmido, uma máquina que parecia de fazer algodão-doce rodopiava. Erguia-se uma neblina, murmurando através dos corredores vazios.

Um macaco apareceu do nada.

— Espere aí! — gritou Garrett.

— Não tenha medo — Stendahl acariciou o peito preto do animal. — É um robô. Tem esqueleto de cobre e tudo, igual à bruxa. Está vendo? — Tocou a pelagem e, por baixo dela, tubos de metal vieram à luz.

— Sim — Garrett estendeu uma mão tímida para acariciar a coisa. — Mas por que, senhor Stendahl, por que tudo *isto*? Por que tamanha obsessão?

— Foi a burocracia, senhor Garrett. Mas não tenho tempo para explicar. O governo logo vai descobrir. — Fez um sinal com a cabeça para o macaco. — Certo. *Agora*.

O macaco matou o senhor Garrett.

— Estamos quase prontos, Pikes?

Pikes ergueu os olhos da mesa.

— Sim, senhor.

— Você realizou um trabalho esplêndido.

— Sou pago para isso, senhor Stendahl — disse Pikes com suavidade, erguendo a pálpebra plástica do robô e inserindo o globo ocular de vidro para ajeitar com precisão os músculos de borracha. — Pronto.

— A imagem perfeita do senhor Garrett, sem tirar nem pôr.

— O que faremos com ele, senhor? — Pikes fez um sinal com a cabeça para a mesa onde o verdadeiro senhor Garrett repousava, morto.

— Melhor queimar, Pikes. Não queremos ter dois Garretts, não é mesmo?

Pikes rolou o senhor Garrett até o incinerador de tijolos.

— Adeus.

Empurrou o senhor Garrett e bateu a porta.

Stendahl confrontou o robô Garrett.

— Você conhece suas ordens, Garrett?

— Sim, senhor. — O robô se sentou. — Devo voltar ao departamento de Climas Morais. Preencherei um relatório complementar. Atrasar a ação durante pelo menos quarenta e oito horas. Dizer que quero fazer uma investigação mais completa.

— Certo, Garrett. Adeus.

O robô apressou-se em sair para o foguete de Garrett, e partiu. Stendahl se virou.

— Agora, Pikes, enviamos o restante dos convites para hoje à noite. Acho que vamos nos divertir bastante, não?

— Considerando-se que esperamos vinte anos, parece que sim!

Trocaram piscadelas.

Sete horas. Stendahl estudava o relógio. Quase na hora. Rodava o copo de licor na mão. Estava sentado em silêncio. Por cima dele, entre os feixes de carvalho, os morcegos, os corpos delicados de cobre escondidos sob a pele de borracha, piscavam e guinchavam. Ergueu o copo para eles.

— Ao nosso sucesso.

Então se recostou, fechou os olhos e considerou o negócio todo. Como saborearia aquilo na idade avançada. Esta vingança contra o governo antisséptico por seu terrorismo literário e suas conflagrações. Ah, como a raiva e o ódio tinham crescido dentro dele com os anos. Ah, como o plano tinha se delineado lentamente em sua mente entorpecida, até aquele dia, havia três anos, em que conhecera Pikes.

Ah, sim, Pikes. Pikes, com tanto amargor dentro de si, tão profundo quanto um poço escuro e corroído de ácido verde. Quem era Pikes? Simplesmente o melhor de todos! Pikes, o homem de dez mil faces, uma fúria, uma fumaça, uma névoa azulada, uma chuva branca, um morcego, uma gárgula, um monstro, aquele era Pikes! Melhor do que Lon Chaney, o pai. Stendahl ruminava. Noite após noite, tinha assistido a Chaney nos filmes antigos, muito antigos.

Sim, melhor do que Chaney. Melhor do que aquele outro fazedor de múmias? Qual era o nome dele? Karloff? Muito melhor! Lugosi? A comparação era odiosa! Não, existia apenas um Pikes, e ele tinha se transformado em um homem desprovido de fantasias, sem lugar na Terra, sem ninguém para se exibir. Proibido até de fazer truques para si mesmo na frente de um espelho!

Coitado, impossível, derrotado Pikes! Como deve ter sido, Pikes, a noite em que apreenderam seus filmes. Como entranhas arrancadas da câmera, dos seus intestinos, enfiando-os em bobinas e blocos para lançá-los dentro de um forno! Será que era uma sensação parecida com a de ver cinquenta mil livros aniquilados sem recompensa? Sim. Sim. Stendahl sentiu as mãos gelarem com aquela raiva insensata. Então, o que poderia ser mais natural do que, certo dia, conversarem sem fim, embalados por bules de café, até inumeráveis altas horas, e de toda aquela conversa e das criações amargas surgir... a Casa Usher?

Um enorme sino de igreja tocou. Os convidados estavam chegando.

Sorrindo, foi recepcioná-los.

Adultos sem memória, os robôs esperavam. Em sedas verdes da cor de lagoas da floresta, em sedas da cor de sapos e de samambaias, esperavam. Com cabelo amarelo da cor do sol e da areia, os robôs esperavam. Lubrificados, com ossos de tubos cortados do bronze e mergulhados em gelatina, os robôs aguardavam. Em caixões para os não mortos e não vivos, em caixas cobertas de tábuas, os metrônomos esperavam ser colocados em movimento. Havia um cheiro de lubrificantes e de latão polido. Havia um silêncio no cemitério. Sexuados, porém assexuados, os robôs. Nomeados mas inominados, e tomando emprestado dos humanos tudo exceto a humanidade, os robôs olhavam para suas caixas com etiqueta de frete, em uma morte que nem era morte, porque a vida nunca existira. Então se ouviu o barulho de pregos arrancados. E de tampas se erguendo. E sombras nas caixas. A pressão de uma mão apertando uma lata de óleo. E um relógio foi colocado em funcionamento, um tique-taque baixinho. E outro e mais outro, até que o lugar se transformou em uma imensa relojoaria, ronronando. Os olhos de mármore rolavam de um lado para o outro sob as pálpebras de borracha. As narinas se movimentavam. Os robôs, cobertos com pelo de macaco e pele de coelho, levantaram-se: Tweedledum logo depois de Tweedledee, a Falsa Tartaruga, o Rato Dorminhoco, corpos afogados no mar, compostos de sal e leucântemos, balançando; homens enforcados com dentes azuis e olhos revirados, criaturas de gelo e de fitinhas em fogo, anões de argila e elfos apimentados, Tik-Tok, Ruggedo, Papai Noel com neve caindo à sua frente, Barba-Azul com bigodes de chamas de acetileno, nuvens sulfurosas que lançavam fachos de fogo verde, um enorme dragão escamoso de cauda enrolada e uma fornalha na barriga irrompeu pela porta com um grito, um urro, um silêncio, um tumulto, um vento. Dez mil pálpebras se fecharam. O mecanismo se movia em Usher. A noite se encantou.

Uma brisa quente caiu sobre o lugar. Os foguetes dos convidados, queimando o céu e transformando o clima de outono em primavera, chegaram.

Os homens saíram com suas roupas de noite e as mulheres vieram atrás, de penteados muito elaborados.

— Então, *isto* é Usher!

— Onde está a porta?

Naquele momento, Stendahl apareceu. As mulheres riam e tagarelavam. O senhor Stendahl ergueu a mão para fazer com que se calassem. Virou-se, olhou para uma janela no alto de uma torre de castelo e chamou:

— Rapunzel, Rapunzel, jogue-me suas tranças.

E, lá de cima, uma linda donzela se inclinou no vento da noite e deixou cair as tranças douradas. O cabelo se retorceu, revoou e se transformou em uma escada pela qual os hóspedes puderam subir, rindo, para entrar na Casa.

Quantos sociólogos proeminentes! Quantos psicólogos inteligentes! Quantos políticos, bacteriologistas e neurologistas notáveis! Lá estavam todos eles, entre as paredes úmidas.

— Sejam todos muito bem-vindos!

O senhor Tryon, o senhor Owen, o senhor Dunne, o senhor Lang, o senhor Steffens e uma dúzia de outros.

— Entrem, entrem!

A senhorita Gibbs, a senhorita Pope, a senhorita Churchil, a senhorita Blunt, a senhorita Drummond e mais umas vinte outras, todas radiantes.

Pessoas importantes, importantes de verdade, todas integrantes da Sociedade de Prevenção à Fantasia, defensores da proibição do Halloween e do dia de Guy Fawkes, matadores de morcegos, queimadores de livros, empunhadores de tochas; cidadãos bons e limpos. Tinham esperado até que os homens toscos tivessem ido até lá para enterrar os marcianos, limpar as cidades, construir as casas, consertar as estradas e deixar tudo seguro. E então, com tudo encaminhado para garantir a Segurança, os Estraga-Prazeres, aquelas pessoas de mercurocromo no lugar do sangue e olhos de cor de iodo, agora tinham chegado para estabelecer o departamento de Climas Morais e distribuir com parcimônia sua bondade para todos. E então havia também seus amigos! Sim, com muito, muito cuidado, tinha sido apresentado a cada um deles e feito amizade com eles na Terra, no ano anterior!

— Bem-vindos aos vastos corredores da Morte! — gritou o senhor Stendahl.

— Olá, Stendahl, o que *é* isso?

— Vocês vão ver. Todos tirem as roupas. Há cabinas daquele lado. Vistam as fantasias que ali se encontram. Mulheres para cá, homens para lá.

As pessoas ficaram lá paradas, pouco à vontade.

— Não estou certa se devemos ficar — disse a senhorita Pope.

— Não estou gostando nada disto. Beira a... blasfêmia.

— Que bobagem, um baile à *fantasia*!

— Parece bastante ilegal. — O senhor Steffens ergueu o nariz.

— Relaxem um pouco. — Stendahl riu. — Aproveitem. Amanhã, tudo estará em ruínas. Escolham uma cabina.

A casa reluzia de tanta vida e cor; arlequins se espalhavam com chapéus com guizos e ratinhos brancos dançavam quadrilhas em miniatura ao som da música dos anões que dedilhavam pequeninos violinos com pequeninos arcos, bandeiras se dependuravam em vigas chamuscadas enquanto morcegos revoavam em nuvens em volta das bocas de gárgula que despejavam vinho fresco, abundante e espumoso. Um riacho atravessava os sete salões do baile de máscaras. Os convidados o experimentaram e descobriram que era licor. Os convidados saíam aos montes das cabinas, transformados de uma idade em outra, o rosto coberto com dominós; o simples ato de colocar uma máscara já cancelava sua licença para implicar com a fantasia e o terror. As mulheres andavam para lá e para cá com vestidos vermelhos, rindo. Os homens dançavam para elas. E nas paredes havia sombras sem ninguém para projetá-las, e aqui e ali havia espelhos que não refletiam imagem nenhuma.

— Somos todos vampiros! — riu o senhor Fletcher. — Mortos!

Havia sete salões, cada um de uma cor, azul, roxo, verde, laranja, outro branco, o sexto violeta e o sétimo coberto de veludo preto. E no quarto negro havia um relógio de ébano que batia as horas ruidosamente. E os convidados corriam por esses salões, finalmente bêbados, entre as fantasias de robôs, entre Ratos Sonolentos e Chapeleiros Malucos, Trolls e Gigantes, Gatos Negros e Rainhas Brancas e, sob os pés dançantes, o chão ecoava a batida de um coração excitado.

— Senhor Stendahl!

Um sussurro.

Um monstro com o rosto da Morte estava parado ao seu lado. Era Pikes.

— Preciso falar com o senhor em particular.

— Qual o problema?

— Aqui está. — Pikes estendeu uma mão de esqueleto. Dentro dela havia engrenagens, porcas, pregos, pinos e roscas meio queimadas, meio chamuscadas.

Stendahl ficou olhando para aquilo durante um longo instante. Então levou Pikes até um corredor.

— Garrett? — sussurrou.

Pikes assentiu com a cabeça.

— Ele enviou um robô em seu lugar. Estava limpando o incinerador agora há pouco e encontrei isto.

Os dois ficaram olhando para as engrenagens funestas durante um bom tempo.

— Isso significa que a polícia vai chegar a qualquer minuto — disse Pikes. — Nosso plano estará arruinado.

— Não sei. — Stendahl olhou para as pessoas amarelas, azuis e alaranjadas que rodopiavam. A música varria os corredores enevoados. — Devia ter adivinhado que Garrett não seria tão tolo a ponto de vir aqui pessoalmente. Mas, espere!

— Sim?

— Nada. Não há problema nenhum. Garrett enviou um robô para nós. Bom, devolveremos outro. A menos que ele confira com muita atenção, não vai reparar na troca.

— Mas é claro!

— Da próxima vez, ele virá *pessoalmente*. Agora que acha que é seguro. Nossa, ele pode entrar pela porta a qualquer minuto, em *pessoa*! Mais vinho, Pikes!

O grande sino tocou.

— Aí está ele, aposto. Vá receber o senhor Garrett.

Rapunzel deixou suas tranças caírem.

— Senhor Stendahl?

— Senhor Garrett. O *verdadeiro*?

— Eu mesmo. — Garrett deu uma olhada nas paredes úmidas e nas pessoas que rodopiavam. — Achei que era melhor ver com meus próprios olhos. Não podemos confiar em robôs. Principalmente quando se trata de um robô dos outros. Também tomei a precaução de convocar a equipe de Desmanche. O pessoal estará aqui dentro de uma hora, para derrubar todos os cenários deste lugar pavoroso.

Stendahl fez uma mesura.

— Obrigado por me informar. — Acenou. — Enquanto isso, o senhor bem que podia participar também. Um pouco de vinho?

— Não, obrigado. O que está acontecendo? Até onde um homem é capaz de ir?

— Veja com seus próprios olhos, senhor Garrett.

— Assassinato — disse Garrett.

— Assassinato é mesmo uma baixeza — respondeu Stendahl.

Uma mulher gritou. A senhorita Pope veio correndo, o rosto amarelo como um queijo.

— A coisa mais pavorosa de todas acabou de acontecer! Vi a senhorita Blunt ser estrangulada por um macaco e enfiada em uma chaminé!

Ao se virarem, deram de cara com o longo cabelo louro saindo do cano. Garrett soltou um grito.

— Que horror! — soluçou a senhorita Pope, e então parou de chorar. Piscou e olhou para o lado. — Senhorita Blunt!

— Sim — disse a senhorita Blunt, parada ali.

— Mas acabei de vê-la gritando pela chaminé!

— Não — riu a senhorita Blunt. — Era um robô, uma sósia perfeita!

— Mas, mas...

— Não chore, querida. Estou muito bem. Deixe-me ver. Bom, então, ali *estou* eu! Chaminé acima, bem como você disse. Não é engraçado?

A senhorita Blunt se afastou, rindo.

— Aceita uma bebida, Garrett?

— Acho que sim. Fiquei nervoso. Meu Deus, que lugar. Ele merece *mesmo* ser demolido. Por um instante eu...

Garrett bebeu.

Outro grito. O senhor Steffens, carregado nos ombros por quatro coelhinhos brancos, foi levado para baixo por um lance de escadas que surgiu como mágica no chão. O senhor Steffens caiu em um buraco e, lá, amordaçado e amarrado, foi deixado para enfrentar a lâmina de aço em um grande pêndulo que vinha em sua direção, cada vez mais perto de seu corpo revoltado.

— Sou eu ali embaixo? — perguntou o senhor Steffens, aparecendo ao lado de Garrett. Debruçou-se sobre o poço. — Que coisa estranha, que coisa peculiar, assistir à própria morte.

O pêndulo desferiu seu golpe final.

— Quanto realismo — disse o senhor Steffens, dirigindo-se para o outro lado.

— Mais uma bebida, senhor Garrett?

— Sim, por favor.

— Não vai demorar. Logo a equipe de Desmanche estará aqui.

— Graças a Deus!

E, pela terceira vez, um grito.

— O que foi agora? — perguntou Garrett, apreensivo.

— É a minha vez — disse a senhorita Drummond. — Olhe.

E uma segunda senhorita Drummond, aos berros, foi fechada dentro de um caixão e jogada sob o assoalho, para dentro da terra.

— Nossa, mas me lembro *disto* — gaguejou o Investigador de Climas Morais. — Dos antigos livros proibidos. O Enterro Prematuro. E os outros. O Poço, o Pêndulo, e o macaco, a chaminé, os Assassinatos da Rua Morgue. Tudo num livro que queimei, claro!

— Mais um gole, Garrett. Aqui, segure firme o seu copo.

— Meu Deus, mas você *tem* mesmo muita imaginação, não tem?

Ficaram lá observando mais cinco morrerem, um na boca de um dragão, os outros lançados para dentro da lagoa negra, afundando e desaparecendo.

— Gostaria de ver o que planejei para o senhor? — perguntou Stendahl.

— Certamente — respondeu Garrett. — Qual é a diferença? Vamos mesmo explodir tudo... O senhor é indecente.

— Acompanhe-me, então. Por aqui.

E conduziu Garrett para baixo do assoalho, através de inúmeras passagens e ainda mais para baixo, por uma escada em espiral, para o fundo das catacumbas.

— O que o senhor quer me mostrar aqui embaixo? — perguntou Garrett.

— O seu assassinato.

— Uma réplica?

— Sim, além de outra coisa.

— O quê?

— O Amontillado — respondeu Stendahl, avançando com uma lanterna acesa, que segurava no alto. Esqueletos estavam paralisados com o corpo meio erguido de tampas de caixão. Garrett levou a mão ao nariz, o rosto enojado.

— O quê?

— O senhor nunca ouviu falar do Amontillado?

— Não!

— Não reconhece nada daqui? — Stendahl apontou para uma cela.

— Deveria reconhecer?

— Nem isto? — Stendahl tirou uma pá de pedreiro da capa, sorrindo.

— O que está havendo?

— Venha — disse Stendahl.

Entraram na cela. No escuro, Stendahl prendeu as correntes ao homem meio bêbado.

— Pelo amor de Deus, o que está fazendo? — gritou Garrett, agitando-se.

— Estou sendo irônico. Não interrompa um homem no meio de uma ironia. É falta de educação. Pronto!

— Estou acorrentado!

— Certo.

— O que vai fazer?

— Deixá-lo aí.

— Isso é uma brincadeira.

— Uma brincadeira muito boa.
— Onde está minha réplica? Não vamos vê-la ser morta?
— Não existe réplica nenhuma.
— Mas, os *outros*!
— Os outros estão mortos. Os que você viu sendo mortos eram as pessoas de verdade. As réplicas, os robôs, ficaram lá observando.

Garrett não disse nada.

— Agora você tem de falar: "Pelo amor de Deus, Montresor!" — disse Stendahl. — E eu respondo: "Sim, pelo amor de Deus". Você não vai falar? Vamos lá. Fale.

— Seu idiota.

— Será que preciso persuadi-lo? Fale. Fale: "Pelo amor de Deus, Montresor!".

— Não vou falar, seu imbecil. Tire-me daqui. — Àquela altura já estava sóbrio.

— Pronto, coloque isto. — Stendahl jogou alguma coisa lá para dentro que soou como um pequeno sino.

— O que é isso?

— Uma touca com guizos. Vista e quem sabe eu o deixe sair.

— Stendahl!

— Vista, eu ordenei!

Garrett obedeceu. Os guizos tilintaram.

— Não sente que tudo isto já aconteceu antes? — perguntou Stendahl, começando a trabalhar com sua pá e cimento e tijolos.

— O que está fazendo?

— Emparedando você. Aqui está uma fileira. Lá vai outra.

— Você é louco.

— Isso não discuto.

— Você será processado!

Deu um tapinha em um tijolo e o arranjou sobre o cimento fresco, cantarolando.

Então se ouviu uma agitação, batidas e gritos vindos de dentro do recinto escuro. Os tijolos se erguiam cada vez mais altos.

— Mais barulho, por favor — pediu Stendahl. — Vamos produzir um bom espetáculo.

— Deixe-me sair, deixe-me sair!

Faltava colocar só um tijolo no lugar. Os gritos não cessavam.

— Garrett? — chamou Stendahl, com suavidade. Garrett se calou. — Garrett — prosseguiu Stendahl —, sabe por que eu fiz isto com você? Porque você queimou os livros do senhor Poe sem se dar o trabalho de os ler. Você aceitou a opinião dos outros que achavam que deveriam ser queimados. Senão, teria percebido o que eu faria com você quando descemos aqui, há um instante. A ignorância é fatal, Garrett.

Garrett ficou em silêncio.

— Quero que isto seja perfeito — disse Stendahl, erguendo a lanterna, para que a luz penetrasse na figura largada. — Toque os seus guizos de leve. — Os guizos fizeram um barulhinho. — Agora, tenha a bondade de dizer: "Pelo amor de Deus, Montresor". Pode ser que eu o solte.

O rosto do homem apareceu à luz. Hesitou. Então, de um jeito grotesco, o homem disse:

— Pelo amor de Deus, Montresor.

— Ah — disse Stendahl, de olhos fechados. Ajeitou o último tijolo no lugar e passou o cimento com muito cuidado. — *Requiescat in pace*, caro amigo.

Apressou-se para fora da catacumba.

Nos sete salões, o barulho do relógio badalando a meia-noite fez com que tudo parasse.

A Morte Vermelha apareceu.

Stendahl se virou um instante à porta para observar. Então saiu correndo da Casa Maravilhosa, atravessou o laguinho, até onde um helicóptero esperava.

— Pronto, Pikes?

— Pronto.

— Lá vai!

Olharam para a Casa Maravilhosa, sorrindo, que começou a rachar no meio, como se houvesse um terremoto. Enquanto Stendahl assistia àquela cena magnífica, ouviu Pikes ler atrás de si, em voz grave e cadenciada:

— "... Meu cérebro vacilou quando vi as paredes fortes desabando. Ouviu-se um longo som de gritos tumultuados, como a voz de mil águas, e o laguinho profundo e lamacento aos meus pés foi se fechando triste e silenciosamente sobre os fragmentos da Casa Usher".

O helicóptero ergueu-se por sobre o lago fumegante e voou em direção ao oeste.

AGOSTO DE 2005

OS VELHOS

E, AFINAL, O QUE SERIA MAIS NATURAL do que os velhos irem para Marte, seguindo a trilha deixada pelos ruidosos desbravadores, a elite perfumada, os viajantes profissionais e os palestrantes românticos em busca de novas emoções?

Então as pessoas secas e quebradiças, as pessoas que passavam o tempo escutando o próprio coração e sentindo o pulso, derramando xaropes na boca torta, aquelas pessoas que tinham feito excursões de ônibus à Califórnia em novembro e na terceira classe de navios a vapor para a Itália em abril, as pessoas parecidas com frutas secas, as pessoas mumificadas, afinal chegaram a Marte...

SETEMBRO DE 2005

O MARCIANO

As montanhas azuis se ergueram na chuva e a chuva caiu nos longos canais. O velho LaFarge e a mulher saíram de casa para olhar.

— A primeira chuva da estação — LaFarge observou.

— Que bom — respondeu a mulher.

— Muito bem-vinda.

Fecharam a porta. Lá dentro, esquentaram as mãos no fogo. Tremiam. À distância, através da janela, viram a chuva brilhando nas laterais do foguete que os tinha trazido da Terra.

— Só falta uma coisa — disse LaFarge, olhando para as mãos.

— O quê? — perguntou a mulher.

— Gostaria de ter trazido Tom conosco.

— Ah, por favor, Lafe!

— Não vou começar de novo; desculpe.

— Viemos para cá para passar a velhice em paz, não para pensar no Tom. Ele já morreu há tanto tempo, deveríamos tentar esquecê-lo, ele e tudo na Terra.

— Você tem razão — ele respondeu, e virou as mãos de novo para o calor. Olhou para o fogo. — Não tocarei mais nesse assunto.

Apenas sinto falta de pegar o carro todo domingo e ir ao parque Gramado Verde para colocar flores na lápide dele. Costumava ser nosso único passeio.

A chuva azul caía suave sobre a casa.

E, às nove da noite, foram para cama e ficaram lá deitados em silêncio, de mãos dadas, ele com cinquenta e cinco, ela, sessenta, na escuridão chuvosa.

— Anna? — ele chamou, com suavidade.

— Sim? — ela respondeu.

— Você ouviu alguma coisa?

Os dois prestaram atenção à chuva e ao vento.

— Nada — ela respondeu.

— Alguém está assobiando — ele disse.

— Não, não ouvi.

— Mesmo assim, vou dar uma olhada.

Vestiu o roupão e atravessou a casa, até a porta da frente. Hesitante, escancarou a porta, e a chuva caiu fria em seu rosto. O vento soprou.

Uma pequena silhueta estava parada junto ao portão.

Um relâmpago estalou no céu, e uma onda de cor branca iluminou o rosto que olhava para o velho LaFarge.

— Quem está aí? — gritou LaFarge, tremendo.

Nenhuma resposta.

— Quem está aí? O que você quer?

O silêncio continuava.

LaFarge sentiu-se muito fraco, cansado e entorpecido.

— Quem é você? — ele berrou.

A mulher apareceu atrás dele e pegou seu braço.

— Por que você está gritando?

— Tem um garotinho parado no quintal, e ele não me responde — disse o velho, tremendo. — Ele se parece com Tom!

— Venha para a cama, você está sonhando.
— Mas ele está ali; veja com seus próprios olhos.

Escancarou a porta para ela enxergar. O vento frio soprou e a chuva fininha caiu no chão. A silhueta estava lá olhando para eles, com olhos distantes. A velha segurou-se ao batente da porta.

— Vá embora! — disse, abanando a mão. — Vá embora!
— Não parece o Tom? — perguntou o velho.

A silhueta não se mexeu.

— Estou com medo — disse a velha. — Tranque a porta e venha para a cama. Não quero me meter com isso.

Ela sumiu, resmungando, para dentro do quarto.

O velho ficou ali, com as mãos frias e molhadas pelo vento.

— Tom — chamou baixinho. — Tom, se for você, se por algum acaso for você, Tom, vou deixar a porta destrancada. E se você estiver com frio e quiser entrar para se aquecer, é só vir aqui mais tarde e se deitar na frente da lareira; tem uns tapetes de pele ali.

Fechou a porta, mas não trancou.

A mulher sentiu quando ele voltou para a cama, e estremeceu.

— Que noite horrível. Me sinto tão velha... — disse, aos soluços.
— Pronto, pronto — ele a acalmou, abraçando-a. — Durma.

Depois de um bom tempo, ela dormiu.

E então, em silêncio, ele ficou atento a qualquer ruído e ouviu a porta da frente se abrir, a chuva e o vento entrarem, a porta se fechar. Ouviu passos macios na frente da lareira e uma respiração leve.

— Tom — disse para si mesmo.

Os relâmpagos cortaram o céu, quebrando a escuridão.

De manhã, o sol estava muito quente.

O senhor LaFarge abriu a porta para a sala e vasculhou-a rapidamente com o olhar.

Os tapetes na frente da lareira estavam vazios.

LaFarge suspirou.

— Estou ficando velho — disse.

Saiu para ir até o canal buscar um balde de água limpa para se lavar. A caminho da porta da frente, quase derrubou o pequeno Tom, que carregava um balde já cheio até a borda.

— Bom dia, pai!

— Bom dia, Tom. — O velho afastou-se para o lado. O garoto, descalço, correu pela sala, pousou o balde e se virou, sorrindo. — Que dia lindo!

— É, é mesmo — disse o velho, incrédulo. O menino agia como se não houvesse nada de estranho. Começou a lavar o rosto com a água.

O velho se inclinou para a frente.

— Tom, como foi que você veio parar aqui? Você está vivo?

— E não deveria estar? — O menino ergueu os olhos.

— Mas, Tom, o parque Gramado Verde todo domingo, as flores e... — LaFarge precisou se sentar. O menino se aproximou, parou ao lado dele e pegou sua mão. O velho sentiu os dedos, quentes e firmes. — Você está mesmo aqui? Não é sonho?

— Você *quer* que eu esteja aqui, não quer? — O menino pareceu preocupado.

— Quero, quero sim, Tom!

— Então, por que tantas perguntas? Aceite!

— Mas a sua mãe, o choque...

— Não se preocupe com ela. Durante a noite, cantei para vocês dois, e vocês vão me aceitar mais por causa disso, principalmente ela. Sei o que é um choque. Espere até ela chegar, você vai ver. — Ele riu, sacudindo a cabeça de cachos acobreados. Os olhos eram muito azuis e límpidos.

— Bom dia, Lafe, Tom. — A mãe veio do quarto, ajeitando o cabelo em um coque. — O dia não está lindo?

Tom virou-se para rir da cara do pai.

— Está vendo?

Almoçaram muito bem, todos os três, à sombra, atrás da casa. A senhora LaFarge encontrara uma antiga garrafa de vinho de girassol que estava guardada, e todos beberam um gole. O senhor LaFarge nunca tinha visto o rosto da mulher tão iluminado. Se existia alguma dúvida em sua mente a respeito de Tom, ele não a verbalizou. Era uma coisa completamente natural para ela. E estava se tornando natural para o próprio LaFarge também.

Enquanto a mãe lavava a louça, LaFarge inclinou-se para o filho e disse, em tom de confidência:

— Quantos anos você tem, filho?

— Mas você não sabe, pai? Catorze, claro.

— Quem é você, *de verdade*? Você não pode ser Tom, mas é *alguém*. Quem?

— Não. — Assustado, o menino colocou as mãos no rosto.

— Você pode me dizer — disse o velho. — Compreenderei. Você é marciano, não é? Já ouvi histórias dos marcianos; nada definido. Histórias sobre como os marcianos são raros e que, quando aparecem entre nós, assumem a aparência de homens da Terra. Tem alguma coisa em você... Você é o Tom e, portanto, não é.

— Por que você não pode me aceitar e parar de falar? — gritou o garoto. As mãos cobriram o rosto por completo. — Não duvide, por favor, não duvide de mim! — Virou-se e saiu correndo da mesa.

— Tom, volte aqui!

Mas o menino saiu correndo pela margem do canal, na direção da cidade distante.

— Aonde é que o Tom está indo? — perguntou Anna, voltando para buscar mais louça. Ela olhou para o rosto do marido. — Você disse alguma coisa que o aborreceu?

— Anna — ele disse, pegando a mão dela. — Anna, você se lembra de alguma coisa sobre o parque Gramado Verde, um mercado e o Tom com pneumonia?

— Do que *é* que você está falando? — Ela riu.

— De nada — ele respondeu a meia-voz.

À distância, a poeira começou a baixar depois de Tom ter passado correndo pelas margens do canal.

Às cinco da tarde, com o pôr do sol, Tom voltou. Olhou cheio de dúvidas para o pai.

— Você vai me perguntar alguma coisa? — quis saber.

— Nenhuma pergunta — disse LaFarge.

O garoto abriu um sorriso branco.

— Que bom!

— Por onde você andou?

— Perto da cidade. Quase não voltei. Eu quase... — o garoto procurou a palavra — caí em uma armadilha.

— Como assim, uma "armadilha"?

— Passei por uma casinha de ferro perto do canal e quase fiquei de um jeito que não ia mais poder voltar aqui para falar com vocês, nunca mais. Não sei explicar, mas não tem como, não vou dizer, nem *eu* entendo; é estranho, não quero falar sobre isso.

— Então, não falamos. Melhor ir se lavar, garoto. Está na hora do jantar.

O menino saiu correndo.

Uns dez minutos depois, um bote veio flutuando pela superfície serena do canal, conduzido com movimentos vagarosos por um homem alto e esguio, de cabelos pretos.

— Boa noite, irmão LaFarge — disse, fazendo uma pausa em sua tarefa.

— Boa noite, Saul, quais são as notícias?

— Hoje à noite temos todo tipo de notícia. Sabe aquele sujeito chamado Nomland que mora lá para baixo do canal em uma cabana de ferro?

LaFarge ficou rígido.

— Sei.

— Você sabe o tipo de canalha que ele era?

— Ouvi dizer que saiu da Terra porque tinha matado um homem.

Saul inclinou-se em sua vara molhada, olhando para LaFarge.

— Lembra o nome do homem que ele matou?

— Não era Gillings?

— Certo. Gillings. Bom, há umas duas horas, o senhor Nomland chegou à cidade correndo, gritando que tinha visto Gillings, vivo, aqui em Marte, hoje à tarde! Tentou ir preso para ficar a salvo na cadeia. Mas não deixaram. Então Nomland voltou para casa e, há vinte minutos, como me contaram, estourou os miolos com uma pistola. Acabei de voltar de lá.

— Ora — disse LaFarge.

— Acontece cada coisa esquisita... — disse Saul. — Bom, boa noite, LaFarge.

— Boa noite.

O bote saiu deslizando pelas águas serenas do canal.

— O jantar está na mesa — chamou a velha.

O senhor LaFarge sentou-se para jantar e, com a faca na mão, olhou para Tom.

— Tom — disse. — O que você fez hoje à tarde?

— Nada — disse Tom, de boca cheia. — Por quê?

— Só queria saber. — O velho ajeitou o guardanapo no pescoço.

* * *

Às sete da noite, a velha quis ir à cidade.

— Faz meses que não vou lá — disse.

Mas Tom não quis ir.

— Tenho medo da cidade — disse. — Das pessoas. Não quero ir.

— Mas que conversa para um rapaz crescido — disse Anna. — Não quero nem saber. Você vem conosco. *Eu* estou mandando.

— Anna, se o garoto não quer ir... — começou o velho.

Mas não havia discussão. Ela os enfiou no bote e flutuaram sob as estrelas da noite, Tom de barriga para cima, os olhos fechados; adormecido ou não, não dava para saber. O velho não parava de olhar para ele, refletindo. "Quem é ele", pensou, "que precisa de tanto amor quanto nós? Quem é ele e o que é este ser que, por solidão, entra no campo alienígena, assume a voz e o rosto da memória e permanece entre nós, aceito e feliz afinal? De que montanha, de que caverna, de que restinho de raça que sobrou neste mundo depois que os foguetes da Terra chegaram?" O velho sacudiu a cabeça. Não havia como saber. Aquele, para todos os efeitos, era Tom.

O velho olhou para a cidade à sua frente e não gostou do que viu, mas então voltou a pensar em Tom e em Anna de novo e refletiu consigo mesmo: talvez seja errado ficar com Tom, mas só um pouquinho, enquanto não puder causar nenhum problema nem mágoa, mas como é que vamos abrir mão exatamente da coisa que mais desejávamos, por mais que ele fique só um dia e vá embora, deixando o vazio ainda mais vazio, as noites escuras mais escuras, as noites chuvosas mais úmidas? É melhor tirar comida da nossa boca do que levar este garoto para longe de nós.

E olhou para o menino adormecido, tão em paz no fundo do bote. O menino falou algo, sonhando.

— As pessoas — murmurou, adormecido. — Mudando e mudando. A armadilha.

— Calma, garoto — LaFarge acariciou ao cachos macios do garoto e Tom se acalmou.

LaFarge ajudou a mulher e o filho a descerem do bote.

— Chegamos! — Anna sorriu com toda aquela luz, ouvindo a música dos bares, os pianos, os fonógrafos, vendo as pessoas, de braços dados, passeando pelas ruas apinhadas.

— Preferia estar em casa — disse Tom.

— Você nunca falou assim antes — disse a mãe. — Você sempre gostava de ir para a cidade no sábado à noite.

— Fiquem perto de mim — sussurrou Tom. — Não quero cair na armadilha.

Anna ouviu sem querer.

— Pare de falar assim; venha conosco!

LaFarge reparou que o garoto segurava sua mão. LaFarge a apertou.

— Não vou sair do seu lado, Tommy. — Olhou para a multidão que ia e vinha e também ficou preocupado. — Não vamos nos demorar.

— Que bobagem, ficaremos a noite toda — disse Anna.

Atravessaram uma rua, e três bêbados esbarraram neles. Houve muita confusão, alguém os apartou, alguns gritos e LaFarge ficou estupefato.

Tom tinha desaparecido.

— Onde está ele? — perguntou Anna, irritada. — Sempre foge na primeira oportunidade. Tom! — chamou.

O senhor LaFarge saiu correndo pelo meio da multidão, mas Tom tinha sumido.

— Ele vai voltar, estará no barco quando formos embora — disse Anna, confiante, conduzindo o marido de novo na direção do cinema. Houve uma pequena comoção na multidão, e um homem e uma mulher passaram correndo por LaFarge. Ele os reconheceu, Joe Spaulding e a mulher. Antes que pudesse falar com ele, já tinham ido embora.

Olhando para trás, ansioso, comprou as entradas para o cinema e deixou que a mulher o levasse para a escuridão indesejável.

Tom não estava no embarcadouro às onze. A senhora LaFarge ficou pálida.

— Tranquilize-se, querida — disse LaFarge. — Não se preocupe. Eu o encontrarei. Espere aqui.

— Volte logo. — A voz dela desapareceu nas marolas da água.

Ele caminhou pelas ruas noturnas, as mãos nos bolsos. Por todos os lados, as luzes iam se apagando, uma por uma. Algumas pessoas ainda estavam debruçadas nas janelas, porque a noite estava quente, apesar de o céu continuar exibindo nuvens de tempestade de vez em quando entre as estrelas. À medida que caminhava, lembrava-se das constantes referências que o garoto fazia a armadilhas, seu medo de multidão e de cidade. Não havia nada de lógico naquilo, pensou o velho, cansado. Talvez o garoto tivesse ido embora para sempre, talvez nunca tivesse existido. LaFarge virou num determinado beco, observando os números.

— Oi, LaFarge.

Um homem estava sentado à porta, fumando cachimbo.

— Oi, Mike.

— Você e sua mulher brigaram? Está dando uma volta para esfriar a cabeça?

— Não. Só estou dando uma volta.

— Parece que você perdeu alguma coisa. Falando de coisas perdidas — disse Mike —, uma pessoa foi encontrada hoje à noite. Lembra de Joe Spaulding? Lembra da filha dele, Lavínia?

— Sei. — LaFarge ficou frio. Parecia um sonho repetido. Ele sabia quais eram as palavras que viriam a seguir.

— Lavínia voltou para casa hoje à noite — disse Mike, dando um trago. — Você lembra, ela se perdeu no fundo do mar há um mês? Encontraram o que acham ser o corpo dela, muito deteriorado. E, desde então, a família Spaulding não tem passado bem. Joe andou por aí dizendo que ela não estava morta, que aquele corpo na verdade não era dela. Acho que tinha razão. A Lavínia apareceu hoje à noite.

— Onde? — LaFarge sentiu a respiração ficar curta, o coração bater rápido.

— Na rua Principal. Os Spaulding estavam comprando entradas para uma apresentação. E daí, de repente, no meio da multidão, Lavínia apareceu. Deve ter sido uma cena e tanto. No começo, ela não os reconheceu. Foram atrás dela por meio quarteirão e falaram com ela. Então ela lembrou.

— Você viu a moça?

— Não, mas ouvi quando cantou. Você se lembra de como ela cantava "As lindas margens do Lago Lomond"? Ouvi quando ela soltou a voz para o pai agora há pouco, lá na casa deles. Foi bom de ouvir, ela é uma moça tão linda. Uma pena, pensei, ela estar morta, e agora que voltou, está tudo bem. Mas, olhe, você parece meio fraco. É melhor entrar para tomar um gole de uísque...

— Não obrigado, Mike. — O velho se afastou. Ouviu Mike dar boa-noite e não respondeu, mas fixou os olhos em uma construção de dois andares onde se espalhavam buquês de flores cor de carmim marcianas, dispostas por cima do alto telhado de cristal. Lá atrás, sobre o jardim, havia uma varanda de ferro retorcido, e as janelas de cima estavam iluminadas. Já era tarde demais, mas mesmo assim, pensou com seus botões: "O que vai acontecer com Anna se eu não levar Tom para casa comigo? Este segundo choque, esta segunda morte, o que isso fará a ela? Será que ela também vai se lembrar da primeira morte, e deste sonho, e do desaparecimento repentino? Ah, meu Deus, preciso achar Tom, pois, sem ele, o que será de Anna? Coitada da Anna, esperando lá no embarcadouro". Parou e ergueu a cabeça. Em algum lugar lá em cima, vozes davam boa-noite para outras vozes suaves, portas rangiam e fechavam, luzes se apagavam, e o canto delicado continuava. Um instante depois, uma moça, de não mais de dezoito anos, muito adorável, saiu à varanda.

LaFarge chamou através do vento que soprava.

A moça se virou e olhou para baixo.

— Quem está aí? — gritou.

— Sou eu — respondeu o velho e, ao perceber que sua resposta era tola e estranha, ficou em silêncio, apenas os lábios se mexendo. Será que devia gritar: "Tom, meu filho, é o seu pai!"?. Como falar com ela? A moça pensaria que ele era louco e chamaria os pais.

A moça se debruçou à frente da luz ofuscante.

— Sei quem o senhor é — respondeu, com suavidade. — Por favor, vá embora; não há nada que possa fazer.

— Você precisa voltar! — LaFarge falou antes que conseguisse se conter.

A silhueta ao luar recuou para as sombras, de modo que não havia identidade, só uma voz.

— Não sou mais seu filho — disse. — Nunca deveríamos ter vindo à cidade.

— Anna está esperando no embarcadouro!

— Desculpe — disse a voz, suavemente. — Mas o que posso

fazer? Estou feliz aqui. Sou amado, como vocês também me amaram. Sou o que sou, e aceito o que posso aceitar; agora já é tarde demais, eles me pegaram.

— Mas e Anna? Será um choque muito grande. Pense nisto.

— Os pensamentos são tão fortes nesta casa; é como estar preso. Não conseguirei me transformar de novo.

— Você é Tom, você *era* Tom, não era? Você não está brincando com um velho; você não é realmente Lavínia Spaulding?

— Não sou ninguém, apenas eu; onde quer que esteja, sou alguma coisa, e agora sou algo em que você não pode interferir.

— Você não está a salvo na cidade. É melhor lá no canal, onde ninguém pode lhe fazer mal — implorou o velho.

— É verdade. — A voz hesitou. — Mas preciso levar estas pessoas em conta agora. Como eles se sentiriam se, de manhã, eu tivesse partido de novo, desta vez para sempre? De todo modo, a mãe sabe o que sou; ela adivinhou, como você adivinhou. Acho que todos eles desconfiaram, mas ninguém questionou. Não se questiona a Providência. Se a realidade é impossível, um sonho basta. Talvez eu não seja a morta que voltou, mas sou algo quase melhor para eles; um ideal delineado pela mente deles. Tenho a escolha de magoá-los ou magoar a sua esposa.

— Essa família tem cinco pessoas. Eles conseguirão lidar melhor com sua perda!

— Por favor — disse a voz. — Estou cansada.

A voz do velho endureceu.

— Você tem de vir comigo. Não posso deixar que Anna se magoe mais uma vez. Você é nosso filho. Você é meu filho, e pertence a nós.

— Não, por favor! — A sombra tremeu.

— Você não faz parte dessa casa nem dessa gente!

— Não, não faça isso comigo!

— Tom, Tom, filho, escute o que digo. Volte, desça pelas trepadeiras, garoto. Venha comigo, Anna está esperando; vamos lhe dar um bom lar, tudo o que você quiser. — Olhava e olhava para cima, desejando que aquilo acontecesse.

As sombras se moveram, as trepadeiras farfalharam.

Afinal, uma voz baixinha disse:

— Está certo, pai.

— Tom!

Ao luar, a silhueta ágil de um menino escorregou pelas trepadeiras. LaFarge estendeu os braços para ampará-lo.

As luzes no quarto se acenderam. Uma voz saiu das janelas gradeadas.

— Quem está aí embaixo?

— Rápido, garoto!

Mais luzes, mais vozes.

— Pare, eu estou armado! Vinny, tudo bem com você? — Pés apressados.

Juntos, o velho e o menino correram pelo jardim.

Ouviu-se um tiro. A bala acertou no muro quando bateram o portão.

— Tom, vá por ali, vou por aqui para despistá-los! Corra para o canal. Encontro você lá daqui a dez minutos!

Separaram-se.

A Lua se escondeu atrás de uma nuvem. O velho correu na escuridão.

— Anna, estou aqui!

A velha o ajudou, tremendo, a subir no bote.

— Onde está Tom?

— Ele chegará em um minuto — ofegou LaFarge.

Viraram-se para olhar para os becos e para a cidade adormecida. Os últimos pedestres ainda estavam por ali: um policial, um vigia noturno, um piloto de foguete, vários homens solitários voltando para casa depois de algum encontro noturno, quatro homens e mulheres saindo de um bar, rindo. A música tocava abafada em algum lugar.

— Por que ele não vem? — perguntou a velha.

— Ele virá, ele virá. — Mas LaFarge não tinha certeza. Talvez o garoto tivesse sido pego de novo, de algum modo, no trajeto até o embarcadouro, correndo nas ruas à meia-noite, entre as casas escuras. Era uma corrida e tanto, até para um menino. Mas ele deveria ter chegado primeiro.

Então, lá longe, na avenida enluarada, uma silhueta corria.

LaFarge gritou e então se silenciou, porque ao longe também se ouvia outro som de vozes e pés correndo. As luzes acendiam-se de uma janela depois da outra. Do outro lado da praça aberta que levava ao embarcadouro, uma silhueta corria. Não era Tom, era apenas uma forma que corria com rosto prateado sob a luz dos globos espalhados pela praça. E à medida que ia chegando mais perto, tornava-se mais familiar, até que quando alcançou o embarcadouro já era Tom! Anna jogou as mãos para o alto. LaFarge apressou-se para soltar as amarras. Mas já era tarde demais.

Lá na avenida, cruzando a praça silenciosa, vinham vindo um homem, outro, uma mulher, outros dois homens e o senhor Spaulding, todos correndo. Pararam, estupefatos. Ficaram olhando de um lado para o outro, esperando para voltar porque aquilo só podia ser um pesadelo, era maluco demais. Mas avançaram de novo, hesitantes, parando, retomando a corrida.

Era tarde demais. A noite, o acontecimento, tinha chegado ao fim. LaFarge torceu a corda das amarras entre os dedos. Sentia-se com muito frio e muito solitário. As pessoas se ergueram e começaram a bater os pés ao luar, avançando em alta velocidade, de olhos arregalados, até que a multidão, todas as dez pessoas que a formavam, parou no embarcadouro. Olharam enlouquecidos para dentro do barco. Gritaram:

— Não se mova, LaFarge! — Spaulding estava armado.

Então o que tinha acontecido ficou bem claro. Tom, correndo através das ruas enluaradas, sozinho, passou pelas pessoas. Um policial viu a silhueta correndo. O policial se aprumou, olhou para o rosto, chamou um nome, deu ordem de prisão: "*Você*, pare". Enxergou um rosto de criminoso. Por todo o trajeto, a mesma coisa, homens aqui, mulheres ali, vigias noturnos, pilotos de foguetes. A silhueta ágil que significava tudo para eles, todas as identidades, todas as pessoas, todos os nomes. Quantos nomes diferentes tinham sido pronunciados naqueles últimos cinco minutos? Quantos rostos diferentes tomaram forma sobre o rosto de Tom, todos errados?

Por todo o trajeto, o perseguido e os perseguidores, o sonho e os sonhadores, a caça e os caçadores. Por todo o trajeto, a revelação repentina, o brilho dos olhos conhecidos, o grito de um nome antigo, muito antigo, a lembrança de outros tempos, a multidão se multiplicando. Todos avançando enquanto aquele sonho ia e vinha, como uma imagem refletida em dez mil espelhos, dez mil olhos, um rosto diferente para aqueles que estavam à frente, os que vinham atrás, os que ainda não tinham encontrado, os invisíveis.

E lá estavam todos eles agora, no barco, querendo o sonho para si, do mesmo modo que queremos que ele seja Tom, não Lavínia, William, Roger nem qualquer outro, pensou LaFarge. Mas era o suficiente. A coisa tinha ido longe demais.

— Saiam, todos vocês — ordenou Spaulding.

Tom desceu do barco. Spaulding pegou-o pelo pulso.

— Você vem comigo. Eu *sei*.

— Espere — disse o policial. — Ele é meu prisioneiro. Seu nome é Dexter, procurado por assassinato.

— Não! — uma mulher soluçou. — É meu marido! Acho que conheço o meu marido!

Outras vozes reclamaram. A multidão avançou.

A senhora LaFarge protegia Tom.

— Este é meu filho, vocês não têm o direito de acusá-lo de nada. Vamos para casa agora mesmo!

No que diz respeito a Tom, ele tremia e se sacudia violentamente. Parecia muito doente. A multidão se juntou ao seu redor, esticando as mãos enlouquecidas, agarrando e exigindo.

Tom gritou.

Na frente dos olhos de todos, ele se transformou. Era Tom, James, um homem chamado Switchman, outro de nome Butterfield; era o prefeito da cidade, a menina Judith, o marido William e a esposa Clarisse. Era cera derretida que se moldava às ideias deles. Gritavam, empurravam-se, implorando. Ele gritou, ergueu as mãos, o rosto mudava a cada súplica.

— Tom! — gritava LaFarge.

— Alice! — um outro.

— William!

Puxavam seus pulsos, rodavam-no de um lado para o outro, até que, com um último grito estridente de pavor, ele sucumbiu.

Estirou-se sobre as pedras, cera derretida escorrendo, o rosto todos os rostos, um olho azul, o outro dourado, cabelo castanho, ruivo, louro, moreno, uma sobrancelha grossa, a outra fina, uma mão grande, a outra pequena.

Avultaram-se sobre ele e colocaram a mão na boca. Abaixaram-se.

— Ele morreu — alguém terminou por dizer.

Começou a chover.

A chuva caiu em cima das pessoas, e elas olharam para o céu.

Lentamente, depois com mais rapidez, viraram-se, se afastaram e então começaram a correr para longe da cena. Em um minuto, o lugar ficou desolado. Só sobrou o casal LaFarge, olhando para baixo, de mãos dadas, aterrorizados.

A chuva caiu sobre o rosto arregaçado, irreconhecível.

Anna não disse nada, mas começou a chorar.

— Vamos para casa, Anna, não há nada que possamos fazer — disse o velho.

Subiram no barco e voltaram pelo canal, na escuridão. Entraram na casa e acenderam um pequeno fogo e esquentaram as mãos. Foram para a cama e ficaram deitados juntinhos, com frio e vazios, ouvindo a chuva que batia no telhado.

— Ouça — disse LaFarge, à meia-noite. — Você ouviu alguma coisa?

— Nada, nada.

— Mesmo assim, darei uma olhada.

Tateou pela sala escura e esperou à porta que dava para a rua um bom tempo antes de abrir.

Escancarou a porta e olhou para fora.

A chuva caía pesada do céu negro sobre a entrada vazia, para dentro do canal e entre as montanhas azuis.

Esperou cinco minutos e então, com suavidade, as mãos úmidas, trancou a porta.

NOVEMBRO DE 2005

A LOJA DE MALAS

Era algo muito remoto, aquilo que o proprietário da loja de malas ouviu no noticiário noturno do rádio, transmitido da Terra por meio de um feixe de luz-som. O proprietário sentiu como aquilo era remoto.

Haveria uma guerra na Terra.

Saiu para espiar o céu.

Sim, lá estava ela. A Terra, no céu da noite, seguindo o Sol para trás das colinas. As palavras no rádio e aquela estrela verde eram a mesma coisa.

— Não acredito — disse o proprietário.

— Porque você não está lá — disse o reverendo Peregrine, que tinha parado ali para fazer o tempo passar mais rápido à noite.

— Como assim, reverendo?

— É como quando eu era menino — respondeu o reverendo Peregrine. — Ouvíamos falar de guerras na China. Mas nunca acreditávamos. Era longe demais. E havia gente demais morrendo. Era impossível. Não acreditávamos nem quando assistíamos aos filmes. Bom, é assim que as coisas são agora. A Terra é a China.

Está tão longe que não dá para acreditar. Não dá para tocar. Não dá nem para ver. A gente só vê uma luz verde. Dois bilhões de pessoas morando naquela luz? Inacreditável! Guerra? Não escutamos as explosões.

— Vamos escutar — disse o proprietário. — Fico pensando em toda aquela gente que viria a Marte nesta semana. Quantas pessoas eram? Cem mil ou algo em torno disto no próximo mês. E o que acontecerá com *elas* se a guerra começar?

— Imagino que deem meia-volta. Serão necessárias na Terra.

— Bom — disse o proprietário —, é melhor eu tirar a poeira das minhas malas. Estou sentindo que vou vender muito a qualquer momento.

— Você acha que todo mundo voltará para a Terra se esta *for* a Grande Guerra que esperamos há tantos anos?

— É engraçado, reverendo, mas acho que *todos* nós vamos voltar. Eu sei, viemos para cá para fugir das coisas... Política, bomba atômica, guerra, grupos de pressão, preconceito, leis... Eu sei. Mas lá continua sendo o nosso lar. Espere só para ver. Quando a primeira bomba cair, os americanos aqui vão começar a pensar. Não faz tanto tempo assim que estão aqui. Um par de anos, nada mais. Se estivessem aqui há quarenta anos, seria diferente, mas todos têm parentes lá, e também as cidades onde nasceram. Eu já não consigo mais acreditar na Terra; não tenho muita imaginação. Mas sou velho. Não conto. Posso ficar por aqui.

— Duvido.

— É, acho que tem razão.

Ficaram na varanda observando as estrelas. Finalmente, o reverendo Peregrine tirou um pouco de dinheiro do bolso e entregou ao proprietário.

— Pensando bem, acho que é melhor você me dar uma valise nova. A minha está bem gasta...

NOVEMBRO DE 2005

A BAIXA ESTAÇÃO*

SAM PARKHILL VARRIA a areia marciana azul.
— Prontinho — disse. — Sim, senhor! Olhe só para isto! — Apontou. — Olhe para a placa. CACHORRO-QUENTE DO SAM! Não é lindo, Elma?
— É mesmo, Sam — respondeu a mulher.
— Puxa, mas que mudança na minha vida. Ah, se o pessoal da Quarta Expedição pudesse me ver agora... Fico feliz por ter um negócio meu, enquanto o resto deles continua por aí trabalhando como soldado. Vamos ganhar milhares de dólares, Elma, milhares.
A mulher ficou olhando para ele durante um bom tempo, sem dizer nada.
— O que foi que aconteceu com o capitão Wilder? — terminou por perguntar. — O capitão que matou aquele sujeito que queria matar todos os outros homens da Terra? Como era mesmo o nome dele?
— Spender, aquele louco. Ele era esquisito demais. Ah, o capitão Wilder? Ouvi dizer que ele embarcou em um foguete para

* Copyright © 1948 by Standards Magazine, Inc.

Júpiter. Levou um chute para cima. Acho que ele também era meio louco em relação a Marte. Sensível demais, sabe como é. Se tiver sorte, volta de Júpiter e de Plutão daqui a uns vinte anos. Foi o castigo dele por falar sem pensar. E, enquanto ele está lá morrendo de frio, olhe só para mim, olhe só para este lugar!

Tratava-se de uma encruzilhada onde duas estradas desertas se encontravam, surgindo da escuridão e desaparecendo para dentro dela. Ali, Sam Parkhill tinha erguido sua estrutura de alumínio corrugado, banhada por forte luz branca, tremendo com a melodia que saía da *jukebox*.

Parou para arrumar uma borda de vidro quebrado que tinha colocado no caminho de entrada. Tinha quebrado o vidro de construções marcianas nas colinas.

— Os melhores cachorros-quentes de dois mundos! O primeiro homem em Marte com uma barraquinha de cachorro-quente! As melhores cebolas, a melhor pimenta e a melhor mostarda! Você não pode dizer que não sou esperto. Aqui estão as estradas principais, ali está a cidade morta e os depósitos de minerais. Os caminhões do Assentamento Terrestre 101 vão ter de passar por aqui vinte e quatro horas por dia! Ah, mas eu sei mesmo achar um bom lugar para mim!

A mulher olhou para as unhas.

— Você acha que aqueles dez mil foguetes de trabalho de último tipo vão chegar a Marte? — terminou por dizer.

— Daqui a um mês — respondeu bem alto. — Por que você está com essa cara esquisita?

— Não confio nesse pessoal da Terra — ela respondeu. — Vou acreditar quando vir os dez mil foguetes chegarem com cem mil mexicanos e chineses a bordo.

— Clientes. — Demorou-se na palavra. — Cem mil pessoas com fome.

— Isto — disse a mulher, devagar, olhando para o céu — se não houver uma guerra nuclear. Eu não confio nessas bombas atômicas. Na Terra agora existem tantas, não dá para saber.

— Ah — disse Sam, e continuou a varrer.

Captou um bruxulear azulado com o canto do olho. Alguma coisa flutuava suavemente no ar atrás dele. Ouviu a mulher dizer:

— Sam, um amigo seu veio fazer uma visita.

Sam virou-se e viu a máscara que parecia flutuar ao vento.

— Então, você voltou! — E Sam segurou a vassoura como se fosse uma arma.

A máscara assentiu. Era feita de vidro azul-claro e encaixava-se sobre um pescoço fino, sob o qual esvoaçavam vestes largas de seda amarela. Da seda, apareciam duas tiras prateadas de tecido. A boca da máscara era uma fenda da qual iam saindo sons musicais à medida que as vestes, a máscara, as mãos cresciam até o alto, baixavam.

— Senhor Parkhill, voltei para conversar com o senhor mais uma vez — disse a voz por trás da máscara.

— Achei que tinha dito que não queria ver você por aqui! — gritou Sam. — Vá embora, ou eu lhe passarei a Doença!

— Já tive a Doença — respondeu a voz. — Fui um dos poucos sobreviventes. Fiquei doente durante muito tempo.

— Vá se esconder nas montanhas, o seu lugar é lá, é lá que mora. Por que você desce até aqui para me incomodar? E agora, de repente, duas vezes no mesmo dia.

— Não queremos prejudicá-lo.

— Mas eu quero! — respondeu Sam, recuando. — Não gosto de estranhos. Não gosto de marcianos. Nunca tinha visto nenhum. Não é natural. Durante todos esses anos, vocês ficam escondidos, e de repente você aparece para me importunar. Deixe-me em paz.

— Viemos por uma razão importante — disse a máscara azul.

— Se você estiver falando deste terreno, ele é meu. Construí esta barraquinha de cachorro-quente com as minhas próprias mãos.

— De certo modo, *tem* a ver com o terreno.

— Veja bem — disse Sam. — Sou de Nova York. E lá existem milhões de outras pessoas iguais a mim. Vocês, marcianos, são somente umas duas dúzias, não têm cidades, ficam vagando pelas colinas, não têm líderes, não têm leis, e agora você vem aqui me falar deste terreno. Bom, o novo precisa substituir o velho. É a lei de dar e receber. Tenho uma arma comigo. Depois que você foi embora hoje de manhã, carreguei-a.

— Nós, marcianos, somos telepáticos — disse a máscara azul fria. — Entramos em contato com uma de suas cidades do outro lado do mar morto. O senhor tem escutado?

— Meu rádio quebrou.

— Então o senhor não sabe. Há notícias importantes. Têm a ver com a Terra...

Uma mão prateada fez um gesto. Um tubo de bronze apareceu nela.

— Permita-me mostrar-lhe isto.

— Uma arma! — gritou Sam Parkhill.

Um instante depois, já tinha tirado a pistola do coldre da cintura e atirado na névoa, nas vestes, na máscara azul.

A máscara sustentou-se por um momento. Então, como uma pequena tenda de circo baixando seus mastros e dobrando-se suavemente em pregas, as sedas farfalharam, a máscara desceu, as mãos prateadas tilintaram no caminho de pedra. A máscara ficou apoiada sobre um montículo de ossos e matéria branca silenciosa.

Sam ficou lá, boquiaberto.

A mulher inclinou-se por cima do montículo.

— Não é arma nenhuma — disse, agachando-se. Pegou o tubo de bronze. — Ele ia mostrar uma mensagem. Está toda escrita aqui, em letras de cobrinha, olhe só as cobrinhas azuis. Não consigo ler. Você consegue?

— Não, aquela escrita marciana com imagens não significa nada. Deixe para lá! — Sam olhou em volta, aflito. — Pode haver outros! Precisamos escondê-lo. Pegue a pá!

— O que você vai fazer?

— Vou enterrá-lo, é claro!

— Você não devia ter atirado nele.

— Foi um erro. Ande logo!

Em silêncio, ela trouxe a pá para ele.

Às oito horas ele já tinha retomado sua tarefa de varrer a frente da barraquinha de cachorro-quente, todo preocupado. A mulher estava parada, com os braços cruzados, na porta de entrada bem iluminada.

— Sinto muito pelo que aconteceu — ele disse. Olhou para ela, então desviou o olhar. — Você sabe que foram simplesmente as circunstâncias do Destino.

— Sei — respondeu a mulher.

— Fiquei maluco ao vê-lo sacar aquela arma.

— Que arma?

— Bom, achei que era uma arma! Desculpe, desculpe! Quantas vezes preciso dizer?!

— Psiu — disse Elma, colocando um dedo sobre os lábios. — Psiu.

— Não estou nem aí — ele disse. — Tenho toda a Corporação Assentamentos Terrestres para me proteger! — Soltou uma gargalhada. — Esses marcianos não vão ter coragem de...

— Olhe — disse Elma.

Ele olhou para o fundo do mar morto. Largou a vassoura. Recolheu-a e estava de boca aberta, um pinguinho de saliva voou pelos ares e ele de repente começou a tremer.

— Elma, Elma, Elma! — disse.

— Ali vêm eles — disse Elma.

Uma dúzia de embarcações de areia marcianas, altas e com velas azuis, flutuavam por cima do leito seco do mar, como fantasmas azuis, como fumaça azul.

— Embarcações de areia! Mas elas não existem mais, Elma, não sobrou nenhuma embarcação de areia.

— Essas aí me parecem ser embarcações de areia — ela respondeu.

— Mas as autoridades confiscaram todas! Desmancharam as embarcações, venderam algumas em leilão! Sou o único nesta porcaria deste território inteiro que tem uma e sabe como fazê-la funcionar!

— Não é mais — ela disse, fazendo um sinal com a cabeça para o mar.

— Vamos, vamos sair daqui!

— Por quê? — ela perguntou lentamente, fascinada pelas embarcações marcianas.

— Eles vão me matar! Entre na caminhonete, rápido!

Elma não se mexeu.

Ele precisou arrastá-la até o fundo da barraquinha, onde estavam os dois veículos, a caminhonete, que usara sem parar até um mês antes, e a antiga embarcação de areia marciana que tinha arrematado em um leilão, sorrindo, e que, nas três semanas anteriores, tinha usado para carregar suprimentos de um lado para o outro, através do fundo do mar espelhado. Então olhou para a caminhonete e se lembrou. O motor estava para fora, no chão; fazia dois dias que trabalhava nele.

— Parece que a caminhonete não está em condições de rodar — disse Elma.

— A embarcação de areia. Entre!

— E andar a bordo de uma embarcação de areia? Ah, não.

— Entre! Sei dirigir a embarcação.

Ele a empurrou para dentro, pulou atrás dela e virou a cana do leme, permitindo que a vela azul-cobalto se estendesse no vento noturno.

As estrelas brilhavam e as embarcações marcianas azuis deslizavam por cima das areias sussurrantes. No início, sua embarcação não se moveu, então ele se lembrou da âncora de areia e a recolheu com um puxão.

— Pronto!

O vento jogava a embarcação de areia de um lado para o outro sobre o fundo do mar morto, sobre cristais havia muito enterrados, passando por pilastras reviradas, por docas desertas de mármore e latão, por cidades antigas de peças de xadrez brancas, sopés de colinas arroxeadas, deixando tudo para trás. As silhuetas das embarcações marcianas recuaram e então se afastaram da embarcação de Sam.

—Acho que lhes mostrei o que merecem, por Deus! — exclamou Sam. — Vou informar à Corporação Foguete. Lá vão me proteger! Sou bem esperto.

— Eles poderiam tê-lo detido se quisessem — Elma disse, cansada. — Eles simplesmente não se deram o trabalho.

Ele riu.

— Ah, fale sério. Por que é que me deixariam fugir? Não, eles simplesmente não foram rápidos o bastante.

— Não mesmo? — Elma fez um sinal com a cabeça para trás dele.

Ele não se virou. Sentiu um vento frio soprar. Estava com medo de se virar. Sentiu alguma coisa no assento atrás de si, algo tão frágil quanto a respiração em uma manhã fria, tão azul quanto a fumaça da nogueira ao anoitecer, algo como renda branca antiga, a neve caindo, o orvalho de inverno congelado sobre o convés quebradiço.

Ouviu-se um ruído de risada como uma fina lâmina de vidro se partindo. Então, silêncio. Ele se voltou.

A moça estava sentada em silêncio no assento do convés. Seus pulsos eram finos como pingentes de gelo; seus olhos, claros como as luas, e também tão grandes, fixos e brancos quanto elas. O vento soprou sobre ela e, como uma imagem refletida na água fria, ela tremeu, a seda se afastando de seu corpo frágil em fiapos de chuva azul.

— Volte — ela disse.

— Não. — Sam tremia, com aquele tremor gostoso e delicado de um marimbondo suspenso no ar, sem saber muito bem se sentia medo ou ódio. — Saia da minha embarcação!

— Esta embarcação não é sua — disse a visão. — Ela é tão velha quanto o nosso mundo. Velejou pelos mares de areia há dez mil anos, quando os mares desapareceram e as docas ficaram vazias, e você chegou e a tomou, roubou-a. Agora, dê meia-volta, retorne ao local da encruzilhada. Precisamos conversar com você. Uma coisa importante aconteceu.

— Saia da minha embarcação! — disse Sam. Pegou a pistola do coldre com um estalo de couro. Apontou-a com cuidado. — Pule para fora antes que eu conte até três ou...

— Não! — exclamou a moça. — Não vou machucá-lo. Os outros também não. Viemos em paz.

— Um — disse Sam.

— Sam! — gritou Elma.

— Ouça o que eu digo — disse a moça.

— Dois — disse Sam, com firmeza, posicionando o dedo no gatilho.

— Sam! — implorou Elma.

— Três — disse Sam.

— Nós só... — disse a moça.

A arma disparou.

Ao sol, a neve derrete, os cristais evaporam, transformando-se em nada. No fogo, os vapores dançam e desaparecem. No interior de um vulcão, coisas frágeis explodem e somem. A moça, exposta à pólvora, ao calor, ao repuxo, dobrou-se como um lenço macio, derreteu como uma bonequinha de cristal. O que sobrou dela, gelo, floco de neve, fumaça, esvoaçou ao vento. O assento do convés ficou vazio.

Sam guardou a arma no coldre e não olhou para a mulher.

— Sam — ela disse, depois de mais um minuto de trajeto sussurrante por sobre o mar de areia da cor da lua. — Pare a embarcação.

Ele olhou para ela e seu rosto estava pálido.

— Não, de jeito nenhum. Depois de todo esse tempo, você não vai embora.

Ela olhou para a mão dele na arma.

— Acho que sim — disse. — De verdade.

Ela sacudiu a cabeça de um lado para o outro, segurando firme na trave da cana do leme.

— Elma, é loucura. Chegaremos à cidade em um minuto, vai ficar tudo bem!

— Tudo bem — disse a mulher, recostando-se na embarcação fria.

— Elma, ouça o que eu digo.

— Não tenho nada a ouvir, Sam.

— Elma!

Estavam passando por uma pequena cidade branca de peças de xadrez e, de tanta frustração e raiva, mandou seis balas direto nas torres de cristal. A cidade se dissolveu em uma chuva de vidro antigo e quartzo estilhaçado. Desabou como sabão esculpido, despedaçado. Deixou de existir. Ele riu e atirou mais uma vez, e a última torre, a última peça de xadrez, explodiu, incendiou-se e sumiu em direção às estrelas em fragmentos azuis.

— Eles vão ver só! Vou mostrar o que é bom para todo mundo!

— Vá em frente, Sam, mostre mesmo. — Ela permaneceu nas sombras.

— Lá vem outra cidade! — Sam recarregou a arma. — Observe enquanto dou um jeito!

As embarcações azuis fantasmagóricas se ergueram por trás deles, ganhando velocidade. No começo, ele não as viu. Só tomou consciência de um assobio e de um uivo alto do vento, como se fosse aço raspando na areia, e era o som da proa afiada como navalha das embarcações de areia alisando o fundo do mar, com as flâmulas vermelhas, as flâmulas azuis desfraldadas. À luz azulada, as embarcações eram imagens escuras azuis, homens mascarados, homens com rostos prateados, com estrelas azuis no lugar dos olhos, com orelhas douradas esculpidas, com bochechas de folha de estanho e lábios cravejados de rubis, homens de braços cruzados, homens que o seguiam, homens marcianos.

Um, dois, três. Sam contou. As embarcações marcianas estavam se aproximando.

— Elma, Elma, não consigo escapar deles!

Elma não disse nada nem se levantou do lugar onde tinha largado o corpo.

Sam disparou a pistola oito vezes. Uma das embarcações de areia se despedaçou, e também a vela, o corpo de esmeralda, os mastros de bronze, a cana do leme branca como a lua, e todas as imagens separadas daquilo. Os homens mascarados, todos eles, enterraram-se na areia e se desintegraram em chamas alaranjadas e depois em fumaça.

Mas as outras embarcações se aproximaram.

— Estou em desvantagem, Elma! — gritou. — Eles vão me matar!

Lançou a âncora. Nada mais adiantava. A vela farfalhou, dobrando-se sobre si mesma, sussurrando. A embarcação parou. O vento parou. O trajeto parou. Marte estava tão imóvel quanto as embarcações majestosas que os marcianos usaram para rodeá-lo, titubeantes.

— Homem da Terra — uma voz chamou de um assento elevado em algum lugar. Uma máscara prateada se mexeu. Lábios com contorno de rubi brilharam com as palavras.

— Não fiz nada! — Sam olhou para todos os rostos, cem no total, que o rodeavam. Não havia sobrado muitos marcianos em Marte; uns cem, cento e cinquenta, no total. E a maior parte deles estava ali naquele momento, sobre os mares desertos, em suas embarcações ressuscitadas, perto de suas cidades de peças de xadrez mortas, uma das quais tinha acabado de desabar como um vaso frágil atingido por uma pedra. As máscaras prateadas brilhavam.

— Foi um erro — ele suplicou, descendo da embarcação, a mulher jogada atrás dele, sobre os degraus, nas profundezas da estrutura, como se estivesse morta. — Vim para Marte como um empreendedor de negócios honesto. Peguei um pouco de material excedente de um foguete que se acidentou e construí a barraquinha mais ajeitada que já se viu bem ali, naquele terreno perto da encruzilhada, sabem onde fica. É preciso reconhecer que foi um belo trabalho. — Sam riu, olhando em volta. — E daí chegou aquele marciano... Sei que ele era amigo de vocês. A morte dele foi um acidente, garanto. Eu só queria ter uma barraquinha de cachorro-quente, a única de Marte, a primeira e mais importante de todas. Será que vocês compreendem o que estou dizendo? Eu serviria os melhores cachorros-quentes lá, puxa, com pimenta, cebolas e suco de laranja.

As máscaras de prata não se moveram. Reluziam ao luar. Olhos amarelados brilharam sobre Sam. Sentiu o estômago apertar, diminuir, transformar-se em pedra. Jogou a pistola na areia.
— Desisto.
— Pegue sua arma — disseram os marcianos em coro.
— O quê?
— A sua arma. — Uma mão coberta de joias acenou da proa de uma embarcação azul. — Pegue e guarde.
Incrédulo, pegou a arma.
— Agora — disse a voz —, dê meia-volta com a sua embarcação e volte para a barraquinha.
— Agora?
— Agora — disse a voz. — Não faremos mal ao senhor. O senhor fugiu antes que tivéssemos a oportunidade de explicar. Venha.

Então as embarcações maravilhosas se viraram com tanta leveza quanto cardos enluarados. As velas farfalhavam com um som leve de aplauso no ar. As máscaras faiscavam, virando, iluminando as sombras.
— Elma! — Sam entrou na embarcação tropeçando. — Levante, Elma. Vamos voltar. — Ele estava animado. Quase tagarelava de tanto alívio. — Eles não vão me ferir, nem me matar, Elma. Levante, querida, levante.
— O quê... o quê? — Elma piscava, olhando lentamente para os lados, enquanto a embarcação içava as velas mais uma vez, ergueu-se até um assento e largou o corpo sobre ele como se fosse um saco de pedras, sem dizer mais nada.
A areia deslizava por baixo da embarcação. Em meia hora, estavam de volta à encruzilhada, as embarcações ancoradas.

O Líder ficou em pé na frente de Sam e Elma, com sua máscara forjada de bronze polido, os olhos, apenas fendas vazias de azul-negro infinito, a boca, uma abertura da qual as palavras saíam ao vento.

— Prepare sua barraquinha — disse a voz. Uma mão com luva de diamantes acenou. — Prepare as iguarias, prepare os alimentos, prepare os vinhos estranhos, porque esta é, de fato, uma grande noite!

— Você está dizendo — perguntou Sam — que vai me deixar ficar aqui?

— Sim.

— Você não está bravo comigo?

A máscara era rígida, esculpida, fria e cega.

— Prepare seu estabelecimento de comida — disse a voz com suavidade. — E fique com isto.

— O que é?

Sam ficou piscando para o rolinho de folha de prata que lhe fora entregue. Sobre ele, em hieróglifos, imagens de cobras dançavam.

— É a concessão de todo o território das montanhas prateadas até as colinas azuis, do mar salgado morto até os vales distantes de feldspato e de esmeralda — disse o Líder.

— M-meu? — perguntou Sam, incrédulo.

— Seu.

— Cento e sessenta mil quilômetros de território?

— Seu.

— Ouviu isto, Elma?

Elma estava sentada no chão, recostada na barraquinha de cachorro-quente de alumínio, com os olhos fechados.

— Mas por que, por que você está me dando tudo isso? — perguntou Sam, tentando enxergar através das fendas de metal dos olhos.

— E não é tudo. Pronto. — Apareceram seis outros rolos. Os nomes foram declarados, os territórios, anunciados.

— Puxa, isso aqui é metade de Marte! Sou dono de metade de Marte! — Sam sacudiu os rolinhos nas mãos. Sacudiu-os para Elma, louco de tanto rir. — Elma, você ouviu isto?

— Ouvi — disse Elma, olhando para o céu.

Ela parecia estar observando à espera de algo. Tinha ficado um pouco mais alerta.

— Obrigado, ah, obrigado — disse Sam para a máscara de bronze.

— Esta é a noite — disse a máscara. — Você precisa estar pronto.

— Estarei. O que é? Uma surpresa? Será que os foguetes vão chegar da Terra mais cedo do que se pensava, com um mês de antecedência? Todos os dez mil foguetes, trazendo os colonizadores, os garimpeiros, os trabalhadores e as esposas, todos os cem mil? Não será uma beleza, Elma? Está vendo, eu disse. Disse que aquela cidade ali não teria apenas mil habitantes para sempre. Chegarão mais cinquenta mil. E no mês seguinte, mais cem mil, e até o fim do ano, cinco milhões de homens da Terra. E eu, com a única barraquinha de cachorro-quente instalada na estrada mais movimentada que leva às minas!

A máscara flutuava ao vento.

— Vamos deixá-lo. Prepare-se. O terreno é seu.

Sob o luar cheio de vento, como pétalas de metal de alguma flor antiga, como plumas azuis, como imensas e silenciosas borboletas de cobalto, as velhas naves esterçaram e se moveram na direção das areias inquietas, as máscaras faiscando e reluzindo, até que o último brilho, o último tom de azul, desapareceu entre as colinas.

— Elma, por que eles fizeram isto? Por que não me mataram? Será que não sabem nada? Qual é o problema deles? Elma, você está entendendo? — Ele sacudiu o ombro dela. — Sou dono de metade de Marte!

Ela observava o céu noturno, esperando.

— Vamos lá — ele disse. — Precisamos arrumar tudo. Vamos ferver as salsichas, esquentar os pães, cozinhar o *chili*, descascar e cortar as cebolas, preparar o *relish*, dobrar os guardanapos, deixar tudo limpinho! Oba! — ensaiou uma pequena dança, chutando os calcanhares para trás. — Rapaz, como estou feliz; sim senhor, estou feliz — cantou desafinado. — Hoje é meu dia de sorte!

Cozinhou as salsichas, abriu os pães, fatiou as cebolas em frenesi.

— Pense bem, aquele marciano disse que tinha uma surpresa. Só pode significar uma coisa, Elma. Aquelas cem mil pessoas vão chegar antes da hora, hoje à noite! Ficaremos lotados! Trabalharemos sem parar durante dias, com todos os turistas passeando por aqui, Elma. Pense só no dinheiro!

Ele saiu e olhou para o céu. Não viu nada.

— Daqui a um minuto, quem sabe — disse, cheirando o ar frio cheio de satisfação, os braços erguidos, batendo no peito. — Ah!

Elma não dizia nada. Descascava batatas para fritar, em silêncio, com os olhos grudados no céu.

— Sam — disse, meia hora depois. — Lá está. Olhe.

Ele olhou e viu.

A Terra.

Ergueu-se cheia e verde, como uma pedra preciosa bem lapidada, por sobre as montanhas.

— A boa e velha Terra — sussurrou carinhosamente. — A boa, velha e maravilhosa Terra. Envie-me seus famintos. Como é mesmo aquele poema? Envie-me seus famintos, velha Terra. Aqui está Sam Parkhill, seus cachorros-quentes bem cozidinhos, o *chili* no fogo, tudo bem-arrumadinho. Vamos lá, Terra, envie-me seu foguete!

Saiu para admirar seu estabelecimento. Lá estava ele, perfeito como um ovo recém-posto no fundo do mar morto, o único núcleo de luz e calor em centenas de quilômetros de terreno solitário. Era como um coração batendo sozinho em um enorme corpo escuro. Quase se sentiu pesaroso de tanto orgulho, olhando para aquilo com os olhos úmidos.

— Com certeza isso deixa a gente humilde — disse entre o perfume da cozinha das salsichas, os pãezinhos quentes, a manteiga suculenta. — Entrem — convidou as diversas estrelas no céu. — Quem será o primeiro?

— Sam — disse Elma.

A Terra se transformou no céu negro.

Incendiou-se.

Parte dela pareceu se desintegrar em um milhão de pedacinhos, como se um quebra-cabeça gigante tivesse explodido. Queimou com um clarão pavoroso que escorreu durante um minuto, ficou três vezes do tamanho normal, e então minguou.

— O que aconteceu? — Sam olhou para o fogo verde no céu.

— A Terra — respondeu Elma, juntando as mãos.

— Não pode ser, não é a Terra. Não, aquela não é a Terra! Não pode ser.

— Você está dizendo que não poderia acontecer com a Terra — disse Elma, olhando para ele. — Que aquela não é a Terra. Não, aquela não é a Terra, é disso que você está falando?

— Ah, a Terra não, ah não, não *pode* ser — choramingou.

Ficou lá parado, as mãos largadas ao lado do corpo, a boca aberta, os olhos esbugalhados e fixos, imóvel.

— Sam — ela o chamou. Pela primeira vez em dias, seus olhos brilhavam. — Sam?

Ele ergueu os olhos para o céu.

— Bom — ela disse. Olhou em volta durante mais ou menos um minuto, em silêncio. Então, cheia de energia, jogou um pano úmido por sobre o ombro. — Acenda mais luzes, aumente o som, abra as portas. Daqui a mais ou menos um milhão de anos chega uma nova leva de clientes. É preciso estar preparado, sim, senhor!

Sam não se mexeu.

— Que lugar bom para uma barraquinha de cachorro-quente — ela disse. Esticou a mão e pegou um palito de um pote e o colocou entre os dentes da frente. — Vou contar um segredinho, Sam — sussurrou, inclinando-se na direção dele. — Parece que estamos na baixa estação.

NOVEMBRO DE 2005

OS OBSERVADORES

TODOS SAÍRAM PARA OLHAR para o céu naquela noite. Largaram o jantar, a louça suja, não se vestiram para o espetáculo e saíram em suas varandas que já não eram mais assim tão novas e observaram a estrela verde, que era a Terra. Foi um movimento involuntário, todos agiram igual, para ajudá-los a compreender a notícia que tinham escutado no rádio, momentos antes. Lá estava a Terra e lá estava a guerra que se aproximava, e lá estavam centenas de milhares de mães, avós, pais, irmãos, tias, tios ou primos. Ficaram parados nas varandas, tentando acreditar na existência da Terra, assim como anteriormente tinham tentado acreditar na existência de Marte; era a questão contrária. Para todos os efeitos, a Terra agora estava morta; eles estavam longe dela havia três ou quatro anos. O espaço era um anestésico; cento e dez milhões de quilômetros de espaço atordoam, fazem a memória adormecer, despovoam a Terra, apagam o passado e permitem àquelas pessoas ali continuar seu trabalho. Mas agora, naquela noite, os mortos tinham se erguido, e a Terra tinha sido repovoada, a memória acordou, um milhão de nomes foram proferidos: O que fulano estaria fazendo nesta noite na Terra? E aquele sicrano? As pessoas nas varandas se observavam de soslaio.

Às nove horas, a Terra pareceu explodir, pegar fogo e se consumir.

As pessoas nas varandas esticaram as mãos, como se quisessem apagar o fogo.

Esperaram.

À meia-noite, o fogo tinha se extinguido. A Terra continuava lá. Ouviu-se um suspiro, como um vento de outono, vindo das varandas.

— Faz muito tempo que não temos notícias do Harry.
— Está tudo bem com ele.
— Devíamos escrever para mamãe.
— Está tudo bem com ela.
— *Será?*
— Ora, não se preocupe.
— Ela está bem de verdade, você acha?
— Claro que sim. Agora, venha para a cama.

Mas ninguém se moveu. Jantares tardios foram levados para os gramados noturnos e servidos sobre mesas dobráveis, e ficaram mordiscando a comida lentamente até as duas da manhã, quando a mensagem do rádio-luz chegou da Terra. Era possível ler os enormes flashes em código Morse que brilhavam como um vaga-lume distante:

CONTINENTE AUSTRALIANO EXPLODE POR DETONAÇÃO PREMATURA DE ARSENAL ATÔMICO. LOS ANGELES, LONDRES BOMBARDEADAS. GUERRA. VOLTEM PARA CASA. VOLTEM PARA CASA. VOLTEM PARA CASA.

Levantaram-se da mesa.

VOLTEM PARA CASA. VOLTEM PARA CASA. VOLTEM PARA CASA.

— Você teve notícias do seu irmão Ted este ano?

— Sabe como é. Com o correio a cinco dólares por carta para a Terra, não escrevo muito.

VOLTEM PARA CASA.

— Andei pensando na Jane, você se lembra da Jane, a minha irmã mais nova?

VOLTEM PARA CASA.

E, às três daquela madrugada fria, o proprietário da loja de malas ergueu os olhos. Muitas pessoas vinham pela rua.

— Fiquei aberto até tarde de propósito. O que deseja, senhor?

De manhã, já não havia mais malas nas prateleiras.

DEZEMBRO DE 2005

AS CIDADES SILENCIOSAS

Havia uma cidadezinha branca nos limites do mar marciano deserto. A cidade estava vazia. Ninguém tinha se mudado para lá. Luzes solitárias queimavam nas lojas o dia inteiro. As portas dos estabelecimentos comerciais estavam escancaradas, como se todo mundo tivesse saído correndo sem trancá-las. Revistas trazidas da Terra pelo foguete prateado no mês anterior farfalhavam. Intocadas, amarelavam nas prateleiras da frente dos mercados silenciosos.

A cidade estava morta. Suas camas estavam vazias e frias. O único som era o zumbido da corrente elétrica nos cabos de força e nos dínamos, ainda vivos, sozinhos. Água corria em banheiras esquecidas, derramava-se nas salas, nas varandas, e escapava para os pequeninos jardins para alimentar as flores negligenciadas. Nos cinemas escuros, o chiclete embaixo das cadeiras começou a endurecer, ainda com marcas de dentes.

Do outro lado da cidade, havia um pouso de foguetes. Ainda era possível sentir o cheiro forte de queimado no lugar onde o último foguete partira ao voltar para a Terra. Se alguém colocasse dez centavos no telescópio e o apontasse para a Terra, talvez enxergasse a grande guerra que lá se desenrolava. Talvez enxergasse Nova York explodir. Ou Londres, coberta por um tipo novo de névoa. Talvez pudesse entender por que aquela cidadezinha marciana estava abandonada. Quanto tempo tinha demorado a evacuação? Entrar em qualquer loja, bater na tecla VENDA ANULADA. A gaveta das caixas registradoras pulava para fora, reluzente e tilintante de tantas moedas. A guerra na Terra deveria estar calamitosa...

Pelas avenidas vazias daquela cidade, assobiando baixinho, chutando uma lata diante de si com profunda concentração, vinha um homem alto e magro. Seus olhos brilhavam com um ar escuro e calmo de solidão. Remexeu as mãos dentro dos bolsos, cheios de moedas novas de dez centavos. De vez em quando, jogava uma moeda no chão. Ao fazê-lo, soltava um riso comedido e continuava seu caminho, espalhando moedas reluzentes por todos os lados.

Seu nome era Walter Gripp. Tinha uma mina de aluvião e uma cabana afastada, bem no interior das colinas marcianas azuis, e caminhava até a cidade a cada duas semanas para ver se conseguia se casar com uma mulher tranquila e inteligente. Em todos aqueles anos, sempre tinha voltado para a cabana, sozinho e decepcionado. Uma semana antes, ao chegar à cidade, encontrara-a daquele jeito!

Nesse dia, tinha ficado tão surpreso que correu até uma rotisseria, escancarou a porta e pediu um sanduíche de carne de três camadas.

— Está saindo! — exclamou para si mesmo com um pano no braço.

Cheio de trejeitos, pegou carnes e pão assado no dia anterior, tirou a poeira de uma mesa, convidou-se a sentar e comeu até precisar encontrar um lugar que vendesse bebidas, onde pediu algo gasoso. O atendente, por ser o próprio Walter Gripp, foi surpreendentemente educado e preparou logo um copo para ele!

Encheu os jeans com dinheiro, todo que encontrou. Carregou um carrinho de brinquedo com notas de dez dólares e saiu correndo feito louco pela cidade. Ao alcançar os subúrbios, de repente percebeu como estava se comportando de maneira tola e vergonhosa. Não precisava de dinheiro. Levou as notas de dez dólares de volta para onde as tinha encontrado, tirou um dólar da própria carteira para pagar os sanduíches, deixou no balcão da rotisseria e deu mais vinte e cinco centavos de gorjeta.

Naquela noite, fez uma deliciosa sauna turca, comeu um suculento filé com cogumelos, bebeu licor de cereja importado. De sobremesa, morangos no vinho. Vestiu um terno de flanela azul novo e colocou, de um jeito estranho, um chapéu cinza Homburg em cima da cabeça descarnada. Pôs dinheiro em uma *jukebox* que tocou "A minha antiga turma". As ruas e a noite solitária se encheram com a triste melodia de "A minha antiga turma", enquanto ele caminhava, alto, magro e sozinho, arrastando os pés com sapatos novos, as mãos frias nos bolsos.

Mas aquilo tinha acontecido uma semana antes. Dormia em uma boa casa na avenida Marte, acordava às nove da manhã, tomava banho e ia à cidade em busca de presunto com ovos. Não passava uma manhã sem que ele congelasse uma tonelada de carnes, legumes e tortas de creme de limão, suficientes para durar dez anos, até que os foguetes voltassem da Terra, se é que voltariam.

Então, naquela noite, vagava de cima a baixo, admirando os manequins de cera em todas as vitrinas coloridas, rosados e lindos. Pela primeira vez, percebeu quanto a cidade estava abandonada. Serviu-se de um copo de cerveja e soluçou um pouco.

— Ah — disse —, estou completamente sozinho.

Entrou no Cinema Elite para passar um filme para si mesmo e distrair a mente do isolamento. O cinema estava oco, vazio, como um túmulo de fantasmas cinzentos e negros se arrastando pela tela. Tremendo, correu para fora do lugar assombrado.

Depois de ter decidido voltar para casa, estava caminhando pelo meio de uma rua secundária, quase correndo, quando ouviu o telefone tocar.

Prestou atenção.

— O telefone está tocando na casa de alguém.

Avançou apressado.

"Alguém devia atender", pensou consigo mesmo.

Sentou-se na beira de uma calçada para tirar uma pedra do sapato, distraído.

— Alguém! — gritou, erguendo-se de um pulo. — Eu! Meu Deus, qual é o meu problema? — berrou. Olhou em volta. Qual casa? Aquela!

Correu pelo gramado, subiu os degraus, entrou na casa, atravessou um corredor escuro.

Arrancou o fone do gancho.

— Alô! — exclamou.

Bzzzzzzzzz.

— Alô, alô!

Tinham desligado.

— Alô! — berrou, e bateu o fone com força. — Seu idiota estúpido! — gritou para si mesmo. — Sentado na beira da calçada, seu tonto! Ah, seu tonto desgraçado e horroroso! — Apertou o telefone entre as mãos. — Vamos lá, toque de novo! Vamos *lá*!

Nunca tinha imaginado que haviam sobrado outras pessoas em Marte. Durante toda aquela semana, não tinha visto ninguém. Imaginara que todas as outras cidades deviam estar tão vazias quanto aquela.

E então, olhando para aquele telefonezinho preto terrível, tremia. Sistemas de ligação entrecruzada conectavam todas as cidades de Marte. De qual das trinta a ligação teria vindo?

Não sabia.

Esperou. Caminhou até a cozinha alheia, descongelou algumas frutinhas silvestres e as comeu, desconsolado.

— Não tinha ninguém do outro lado da linha — murmurou. — Talvez um poste tenha caído em algum lugar e o telefone tocou sozinho.

Mas não é que ele tinha ouvido um estalo, o que significava que alguém colocou o fone no gancho em algum lugar distante?

Ficou parado no corredor o resto da noite.

— Não por causa do telefone — disse a si mesmo. — Só que não tenho nada melhor para fazer.

Ouviu o tique-taque do relógio.

— Ela não vai ligar de novo — disse. — Ela não vai ligar *nunca* mais para um número que ninguém atende. Provavelmente está ligando para outras casas *agora* mesmo! E aqui estou eu parado... Espere um pouco! — Riu. — Por que fico dizendo "ela"?

Piscou.

— Poderia muito bem ser "ele", não é mesmo?

Seu coração desacelerou. Sentiu-se muito frio e vazio.

Queria muito que fosse "ela".

Saiu da casa e ficou parado no meio da rua, fracamente iluminada pelo amanhecer.

Ouviu com atenção. Nenhum ruído. Nenhum pássaro. Nenhum carro. Apenas as batidas de seu coração. Batida, pausa e mais uma batida. Seu rosto doía de tanta tensão. O vento soprava com suavidade, ah, com tanta suavidade, e fazia seu paletó esvoaçar.

— *Psiu* — sussurrou. — *Escute com atenção.*

Oscilou em um círculo vagaroso, virando a cabeça de uma casa à outra.

"Ela vai ligar para outros números", pensou. Deve ser uma mulher. Por quê? Só uma mulher ligaria sem parar. Não um homem.

O homem é independente. Por acaso liguei para alguém? Não! Nem pensei no assunto. Deve ser uma mulher. *Tem* de ser, por Deus!

Escute com atenção.

Ao longe, sob as estrelas, um telefone tocou.

Saiu correndo. Parou para escutar. O toque, suave. Correu mais alguns passos. Mais alto. Disparou por um beco. Ainda mais alto! Passou seis casas, mais seis. Muito mais alto! Escolheu uma casa e a porta estava trancada.

O telefone tocava lá dentro.

— Droga! — retorceu a maçaneta.

O telefone gritava.

Jogou uma cadeira da varanda através de uma janela da sala e pulou lá para dentro atrás dela.

Antes mesmo de encostar no telefone, o aparelho silenciou.

Então deu uma circulada pela casa, quebrou espelhos, rasgou cortinas e chutou o fogão da cozinha.

Afinal, exausto, pegou a fina lista telefônica que relacionava todos os números em Marte. Cinquenta mil nomes.

Começou com o número um.

Amelia Ames. Discou o número dela em Nova Chicago, a cento e sessenta quilômetros, do outro lado do mar morto.

Ninguém atendeu.

O número dois morava em Nova Nova York, a oito mil quilômetros, passando as Montanhas Azuis.

Ninguém atendeu.

Ligou para o três, quatro, cinco, seis, sete, oito, os dedos desajeitados, incapazes de segurar o fone.

A voz de uma mulher falou:

— Alô?

Walter respondeu aos gritos:

— Alô, meu Deus, alô!

— Esta é uma gravação — recitou a voz da mulher. — A senhorita Helen Arasumian não está em casa. Por favor, deixe uma mensagem no serviço de recados e ela retornará assim que possível. Alô? Esta é uma gravação. A senhorita Helen Arasumian não está em casa. Por favor, deixe uma mensagem...
Ele desligou.
Ficou sentado, com os lábios tremendo.
Pensou melhor e ligou de novo.
— Quando a senhorita Helen Arasumian retornar — disse —, diga-lhe que vá para o inferno.

Ligou para as centrais telefônicas de Junção de Marte, Nova Boston, Arcadia e Cidade de Roosevelt, seguindo a teoria de que seria o lugar lógico de onde as pessoas estariam fazendo suas ligações; depois disso entrou em contato com prefeituras e outras instituições públicas em cada cidade. Ligou para os melhores hotéis. As mulheres gostam mesmo de se rodear de todo o luxo.
De repente, parou, bateu palmas bem forte, e riu. Claro! Conferiu a lista e fez um interurbano para o maior salão de beleza da Nova Cidade do Texas. Não existia nenhum lugar melhor para uma mulher se divertir, aplicando máscaras de lama no rosto e acomodando-se embaixo de secadores de cabelo, do que um salão de beleza de primeira linha!
O telefone tocou. Alguém do outro lado da linha ergueu o fone.
Uma voz de mulher respondeu:
— Alô?
— Se for uma gravação — avisou Walter Gripp —, vou aí explodir esse lugar pessoalmente.
— Não é uma gravação — disse a voz de mulher. — Alô! Ah, alô, *tem* alguém vivo! Onde você *está*? — Ela soltou um grito de alegria.

Walter quase desmaiou.

— *Você!* — Ficou em pé, desajeitado, com os olhos inquietos. — Meu Deus, mas que sorte, como você se chama?

— Genevieve Selsor! — Ela chorou sobre o fone. — Ah, estou tão feliz de ouvir sua voz, seja quem for!

— Walter Gripp!

— Walter, olá, Walter!

— Olá, Genevieve.

— Walter. Que nome bonito. Walter, Walter!

— Obrigado.

— Walter, onde você *está*?

A voz dela era gentil, doce e educada. Apertou o telefone bem forte na orelha, de modo que ela pudesse sussurrar docemente para ele. Sentiu os pés flutuarem sobre o chão. Seu rosto queimava.

— Estou no Vilarejo de Marlin — disse. — Eu...

Bzzz.

— Alô? — ele disse.

Bzzz.

Mexeu no gancho. Nada.

Em algum lugar, o vento tinha derrubado um poste. Com a mesma rapidez que tinha chegado, Genevieve Selsor tinha partido.

Ligou de novo, mas o telefone estava mudo.

— Bom, pelo menos sei onde ela está. — Saiu correndo da casa. O Sol se erguia quando ele pegou um Fusca da garagem do desconhecido, encheu o banco de trás com comida da casa e saiu a cento e trinta quilômetros por hora pela estrada, dirigindo-se para a Nova Cidade do Texas. "Mil e seiscentos quilômetros", pensou. "Genevieve Selsor, pode me esperar, estou chegando!"

Buzinou em cada uma das curvas em seu caminho para fora da cidade.

Ao pôr do sol, depois de um inacreditável dia na estrada, parou no acostamento, tirou os sapatos apertados, deitou-se no assento e colocou o chapéu Homburg cinzento sobre os olhos exaustos. Sua respiração ficou lenta e regular. O vento soprava e as estrelas brilhavam suavemente sobre ele, no anoitecer recente. As montanhas marcianas estavam por todos os lados, com milhões de anos de idade. A luz das estrelas refletia-se nas espirais de uma cidadezinha marciana, não maior do que um jogo de xadrez, nas Montanhas Azuis.

Encontrava-se naquele lugar intermediário entre o despertar e os sonhos. Sussurrava. Genevieve. *Ah, Genevieve, doce Genevieve*, cantava baixinho, *os anos podem ir e vir. Mas Genevieve, doce Genevieve...* Ele se sentia aquecido. Ouvia a voz suave, doce e agradável dela cantando. *Alô, ah, olá, Walter! Não é uma gravação. Onde você está, Walter? Onde você está?*

Suspirou, esticando a mão para tocá-la sob o luar. O cabelo escuro e comprido esvoaçava ao vento; lindo, era mesmo. E os lábios dela se pareciam com pimentas vermelhas. E suas bochechas, rosas frescas recém-colhidas. E seu corpo, como uma névoa vaporosa e clara, enquanto sua voz doce entoava para ele novamente a antiga canção tão triste, *Ah, Genevieve, doce Genevieve, os anos podem ir e vir...*

Caiu no sono.

Chegou à Nova Cidade do Texas à meia-noite.
Parou na frente do Salão de Beleza Deluxe, gritando.
Esperava que ela saísse às pressas, toda perfumada, rindo.
Nada aconteceu.
— Ela está dormindo. — Caminhou até a porta. — Cheguei! — gritou. — Olá, Genevieve!

A cidade repousava no silêncio da lua dupla. Em algum lugar, um vento fez uma lona farfalhar.

Escancarou a porta de vidro e entrou.

— Ei! — Riu, desconfortável. — Não se esconda! Sei que você está aqui!

Vasculhou cada sala.

Encontrou um lencinho minúsculo no chão. Tinha um cheiro tão bom que quase perdeu o equilíbrio.

— Genevieve — disse.

Percorreu as ruas vazias de carro, mas não viu nada.

— Se isto for uma piada...

Diminuiu a velocidade.

— Espere um pouco. A ligação caiu. Talvez *ela* tenha pegado um carro e ido até o vilarejo de Marlin enquanto eu vinha para cá! Ela deve ter pegado a antiga estrada do Mar. Nós nos perdemos durante o dia. Como é que ela saberia que eu viria ao seu encontro? Eu não *disse* que viria. E ela ficou com tanto medo quando a ligação caiu que correu para o vilarejo de Marlin para me encontrar! E aqui estou eu, pelo amor de Deus, como *eu* sou tonto!

Deu uma buzinada e saiu a toda da cidade.

Dirigiu a noite toda. Pensou: "E se ela não estiver à minha espera no vilarejo de Marlin quando eu chegar?".

Não pensaria nisso. Ela *tem de* estar lá. E ele correria ao seu encontro, a abraçaria, e talvez até a beijasse na boca.

Genevieve, doce Genevieve, assobiava, acelerando a cento e sessenta quilômetros por hora.

O vilarejo de Marlin estava em silêncio ao amanhecer. Luzes amarelas ainda queimavam em várias lojas, e uma *jukebox* que tocava havia cem horas sem parar afinal parou com um estalo elétrico, fazendo com que o silêncio ficasse completo. O sol aquecia as ruas e o céu frio e vazio.

Walter fez a curva na rua Principal, com os faróis do carro ainda acesos, dando dois toques de buzina por seis vezes em uma esquina, seis vezes na outra. Deu uma espiada nos nomes das lojas. Seu rosto estava pálido e cansado, e suas mãos escorregavam no volante suado.

— Genevieve! — chamou na rua vazia.

A porta de um salão de beleza se abriu.

— Genevieve! — Parou o carro.

Genevieve Selsor ficou parada na porta do salão enquanto ele atravessava a rua correndo. Uma caixa de chocolates cremosos estava aberta em seus braços. Os dedos dela, acariciando os doces, eram cheios e brancos. O rosto, quando ele pôde enxergá-lo à luz, era redondo e cheio, e os olhos pareciam dois ovos imensos enfiados em uma confusão branca de massa de pão. As pernas dela eram tão grossas quanto tocos de árvore, e ela se movimentava fazendo um barulho nada agradável. O cabelo era de um tom indeterminado de castanho que tinha sido tão arrumado que se parecia com um ninho de passarinho. Não tinha lábios, e compensava o fato por meio do traçado de uma boca grande, vermelha e engordurada, que ora se abria de tanta alegria, ora se fechava de medo. Tinha depilado as sobrancelhas até transformá-las em linhas muito finas e retas.

Walter parou. Seu sorriso se dissolveu. Encarou-a.

Ela deixou a caixa de doces cair na calçada.

— Você é... Genevieve Selsor? — Os ouvidos dele apitavam.

— Você é Walter Griff? — ela perguntou.

— Gripp.

— Gripp — ela se corrigiu.

— Muito prazer — ele disse, com voz contida.
— Muito prazer. — Ela apertou a mão dele.
Os dedos dela estavam melados de chocolate.

— Muito bem — disse Walter Gripp.
— O quê? — perguntou Genevieve Selsor.
— Disse apenas "Muito bem" — respondeu Walter.
— Ah.

Eram nove da noite, tinham passado o dia fazendo piquenique. Para o jantar, ele tinha preparado um filé-mignon que ela não gostou porque estava malpassado demais. Ele grelhou a carne mais um pouco, que então ficou passada ou frita demais, ou qualquer coisa assim. Ele riu e disse:

— Vamos assistir a um filme!

Ela respondeu que tudo bem e colocou os dedos melados de chocolate no braço dele. Mas ela só quis assistir a um filme de Clark Gable, de cinquenta anos antes.

— Ele não é demais? — Ela deu risadinhas. — Ele não é *demais*? — O filme acabou. — Passe de novo — ordenou.

— De novo? — ele perguntou
— De novo — ela respondeu.

E, quando ele voltou, ela se aconchegou nele e colocou as mãozonas por cima de seu corpo.

— Você não é bem o que eu esperava, mas é bacana — reconheceu.

— Obrigado — ele respondeu, engolindo em seco.
— Ah, esse Gable — disse, e beliscou a perna dele.
— Ai — ele gemeu.

Depois do filme, foram fazer compras pelas ruas silenciosas. Ela quebrou uma vitrina e vestiu a roupa mais espalhafatosa que encontrou. Derramou um frasco de perfume na cabeça e ficou parecendo um cão pastor molhado.

— Quantos anos você tem? — ele quis saber.

— Adivinhe. — Pingando, ela o conduziu até a rua.

— Ah, trinta — ele respondeu.

— Bom — ela anunciou, rígida —, tenho só vinte e sete, e pronto! Olhe, outra loja de doces! — exclamou. — Sinceramente, minha vida melhorou muito desde que tudo explodiu. Jamais gostei dos meus pais, eram uns tontos. Voltaram para a Terra há uns dois meses. Eu deveria ter partido no último foguete, mas resolvi ficar. Sabe por quê?

— Por quê?

— Porque todo mundo caçoava de mim. Então fiquei no lugar onde poderia jogar perfume em todo o meu corpo, beber dez mil *milk-shakes* e comer doces o dia inteiro sem que as pessoas dissessem: "Ah, isso aí tem muitas calorias!". Então, aqui estou eu.

— Aqui está você. — Walter fechou os olhos.

— Está ficando tarde — ela disse, olhando para ele.

— É verdade.

— Estou cansada — ela disse.

— Engraçado. Eu estou totalmente desperto.

— Ah — ela respondeu.

— Estou com vontade de ficar acordado a noite inteira — ele disse. — Olhe, tem um ótimo disco na casa do Mike. Vamos lá. Eu o coloco para tocar para você.

— Estou cansada. — Ela olhou para ele com olhos manhosos e brilhantes.

— Estou muito alerta — ele respondeu. — Que estranho.

— Vamos até o salão de beleza — ela disse. — Quero lhe mostrar uma coisa.

Ela o conduziu através das portas de vidro até uma grande caixa branca.

— Quando vim de carro da Cidade do Texas — disse —, trouxe isto comigo. — Desfez o laço cor-de-rosa. — Pensei, bom, aqui estou eu, a única moça de Marte, e aqui está o único homem, e, bom... — Ergueu a tampa e dobrou para o lado camadas farfalhantes de papel de seda cor-de-rosa. — Veja.

Walter Gripp olhou.

— O que é isso? — perguntou, começando a tremer.

— Você não sabe, seu tolinho? É todo de renda, branco, lindo e tudo o mais.

— Não, não sei o que é.

— É um vestido de noiva, seu tolinho!

— É mesmo? — A voz dele saiu entrecortada.

Ele fechou os olhos. A voz dela continuava sendo doce, suave e educada, como fora ao telefone. Mas, quando abriu os olhos e a viu...

Recuou.

— Muito bonito — disse.

— Não é mesmo?

— Genevieve. — Ele olhou para a porta.

— Sim?

— Genevieve, preciso dizer-lhe algo.

— É mesmo? — Ela veio na sua direção, com o perfume exalando forte do rosto redondo e branco.

— O que preciso dizer é... — ele começou.

— Sim?

— Adeus!

Saiu porta afora e entrou no carro antes que ela pudesse gritar.

Ela correu e parou na calçada enquanto ele dava meia-volta com o carro.

— Walter Griff, volte aqui! — ela soluçou, jogando os braços para cima.
— Gripp — ele a corrigiu.
— Gripp! — ela gritou.

O carro seguiu pela rua silenciosa, indiferente aos urros e aos pés dela batendo no chão. A fumaça do escapamento sujou um pouco o vestido branco que ela apertava nas mãos rechonchudas. As estrelas brilhavam intensamente e o carro desapareceu no deserto, para longe, no meio da escuridão.

Ele dirigiu a noite toda e o dia inteiro durante três noites e três dias. A certa altura, achou que um carro o seguia, e começou a tremer e a suar frio. Pegou outra estrada, cortando pelo meio do mundo marciano solitário, passando por cidadezinhas mortas, e dirigiu sem parar durante toda uma semana e um dia, até colocar dezesseis mil quilômetros entre ele e o vilarejo de Marlin. Então parou em uma cidadezinha chamada Fontes de Holtville, onde havia algumas lojinhas que ele podia iluminar à noite e restaurantes em que podia-se acomodar e pedir comida. E foi lá que ele passou a viver desde então, com dois freezers lotados de comida para durar cem anos, charutos suficientes para dez mil dias e uma boa cama com um colchão macio.

E durante esses longos anos, quando às vezes ouve o telefone tocar... não atende.

ABRIL DE 2026

OS LONGOS ANOS

Sempre que o vento soprava no céu, ele e sua pequena família se sentavam na cabana de pedra e esquentavam as mãos sobre uma fogueira de lenha. O vento remexia as águas do canal e quase expulsava as estrelas do céu, mas o senhor Hathaway ficava lá sentado, todo contente, conversando com a mulher, e a mulher lhe respondia, e ele conversava com as duas filhas e o filho sobre os velhos tempos na Terra, e todos lhe respondiam com educação.

Aquele era o vigésimo ano depois da Grande Guerra. Marte era um planeta-túmulo. Se o mesmo tinha acontecido ou não com a Terra era assunto de muitas perguntas silenciosas para Hathaway e sua família naquelas longas noites marcianas.

Naquela noite, uma das mais violentas tempestades de areia de Marte tinha fustigado os túmulos baixos do planeta, soprando através de cidades antigas e arrancando as paredes de plástico da cidade mais nova, construída pelos americanos, que ia se derretendo sobre a areia, desolada.

A tempestade cedeu. Hathaway saiu, quando o tempo melhorou, para ver a Terra, queimando, verde, no céu cheio de vento.

Esticou a mão como se pudesse ajustá-la como uma lâmpada frouxa no teto de um quarto escuro. Olhou para o outro lado do fundo do mar há tanto tempo deserto. "Não há mais nenhuma outra coisa viva em todo este planeta", pensou. Só eu. E *eles*. Olhou para trás, para dentro da cabana de pedra.

O que estaria acontecendo na Terra naquele momento? Não tinha percebido nenhum sinal visível de mudança no aspecto da Terra através de seu telescópio de setecentos e sessenta milímetros. "Bom", pensou, "se eu tomar cuidado, ainda duro uns vinte anos. Alguém pode vir. Atravessando os mares desertos ou pelo espaço, em um foguete com um fiozinho de chamas vermelhas."

Gritou para dentro da cabana:

— Vou dar uma volta.

— Tudo bem — respondeu a mulher.

Movimentou-se em silêncio através de uma série de ruínas.

— Fabricado em Nova York — leu em um pedaço de metal que viu de passagem. — E todas estas coisas da Terra terão desaparecido muito antes das antigas cidades marcianas.

Olhou em direção ao vilarejo de cinquenta séculos que se espalhava entre as Montanhas Azuis.

Chegou a um cemitério marciano solitário, uma série de pequenas pedras hexagonais em uma colina varrida pelo vento solitário.

Ficou lá olhando para baixo, para quatro túmulos com cruzes de madeira rústica por cima, e nomes. Seus olhos não verteram lágrimas. Fazia muito tempo que tinham secado.

— Vocês perdoam o que fiz? — perguntou às cruzes. — Eu estava muito solitário. Compreendem, não?

Voltou para a cabana de pedra e, mais uma vez, pouco antes de entrar, protegeu os olhos com as mãos, observando o céu negro com atenção.

— Ficamos esperando, observando — ele disse — e, quem sabe, uma noite...

Apareceu uma chama vermelha diminuta no céu.

Afastou-se da luz da cabana.

— ... e a gente olha *de novo* — sussurrou.

A chama vermelha diminuta continuava lá.

— Não estava aí na noite passada — sussurrou.

Tropeçou e caiu, levantou-se, correu para trás da cabana, virou o telescópio e o apontou para o céu.

Um minuto mais tarde, depois de ter vasculhado o céu, apareceu à porta baixa da cabana. A mulher, as duas filhas e o filho viraram-se em sua direção. Afinal, conseguiu falar:

— Tenho uma boa notícia — disse. — Olhei para o céu. Um foguete está vindo para nos levar para casa. Estará aqui amanhã bem cedo.

Colocou a cabeça entre as mãos e começou a chorar baixinho.

Incendiou o que sobrara da Nova Nova York às três daquela madrugada.

Pegou uma tocha e caminhou através da cidade de plástico, encostando a chama em paredes aqui e ali. A cidade floresceu em grandes arroubos de calor e luz. Eram dois quilômetros quadrados e meio de iluminação, grande o bastante para ser visto do espaço. Serviria para atrair o foguete até o senhor Hathaway e sua família.

Com o coração batendo rapidamente de tanta dor, voltou para a cabana.

— Estão vendo? — Mostrou uma garrafa empoeirada à luz. — Vinho. Peguei, só para hoje à noite. Sabia que, algum dia, alguém nos encontraria! Vamos beber para comemorar!

Encheu cinco taças até a boca.

— Faz muito tempo — disse, olhando para a bebida com gravidade. — Vocês se lembram do dia em que a guerra começou?

Passaram-se vinte anos e sete meses. E todos os foguetes foram chamados de volta de Marte. Você, eu e as crianças estávamos nas montanhas, fazendo trabalho arqueológico, pesquisando os antigos métodos cirúrgicos dos marcianos. Pusemos nossos cavalos para correr tanto que quase os matamos, lembra? Mas chegamos à cidade com uma semana de atraso. Todos tinham partido. Os Estados Unidos tinham sido destruídos, os foguetes tinham partido sem esperar pelos retardatários, lembra, lembra? E acabamos descobrindo que tínhamos sido os *únicos* que sobraram? Meu Deus, como os anos passam. Não teria aguentado ficar aqui sem vocês, sem todos vocês. Teria me matado. Mas, com vocês, valeu a pena esperar. Um brinde a nós, então. — Ergueu a taça. — E à nossa longa espera juntos. — Bebeu.

A mulher, as duas filhas e o filho levaram o copo aos lábios.

O vinho escorreu pelo queixo dos quatro.

De manhã, a cidade tinha sido transformada em grandes flocos macios e escuros que flutuavam sobre o mar. O fogo tinha se apagado, mas cumprira sua função; o ponto vermelho no céu estava maior.

Da cabana de pedra vinha o cheiro delicioso de pão de gengibre assado. A mulher estava parada à mesa, ajeitando a fornada quente de pão fresco, quando Hathaway entrou. As duas filhas varriam o chão rústico de pedra com cuidado, usando vassouras rígidas, e o filho polia os talheres.

— Vamos esperá-los com um imenso café da manhã — riu Hathaway. — Vistam suas melhores roupas.

Correu pelo terreno até o grande galpão de depósito de metal. Lá dentro estavam a unidade de armazenamento a frio e a usina elétrica que ele consertara e restaurara com seus dedos pequenos, eficientes e nervosos ao longo dos anos, da mesma maneira que consertara relógios, telefones e gravadores de rolo em seu tempo livre. O galpão estava cheio de coisas que ele tinha montado, alguns mecanismos sem sentido cuja função era um mistério até mesmo para ele, agora que os examinava.

Do freezer, tirou caixas de feijão e morango cobertas de gelo, de vinte anos de idade. "Vamos nos esbaldar", pensou, e tirou também um frango congelado.

O ar estava cheio de perfumes de comida quando o foguete pousou.

Como um garoto, Hathaway desceu a colina correndo. Fez uma pausa devido a uma dor repentina e aguda no peito. Sentou-se em uma pedra para retomar o fôlego, então correu todo o resto do trajeto.

Ficou parado na atmosfera quente criada pelo poderoso foguete. Uma escotilha se abriu. Um homem olhou para baixo.

Hathaway fez sombra sobre os olhos com a mão e finalmente disse:

— Capitão Wilder!

— Quem está aí? — perguntou o capitão Wilder, que pulou para baixo e ficou olhando para o velho. Estendeu a mão.

— Por Deus, é Hathaway!

— Isto mesmo. — Olharam um o rosto do outro.

— Hathaway, da minha antiga tripulação, da Quarta Expedição.

— Faz muito tempo, capitão.

— Tempo demais. É bom revê-lo.

— Estou velho — disse Hathaway, com simplicidade.

— Também já não sou jovem. Estive em Júpiter, Saturno e Netuno durante os últimos vinte anos.

— Ouvi dizer que o senhor foi mandado para longe, para que não interferisse na política colonial aqui em Marte. — O velho olhou em volta. — O senhor está fora faz tanto tempo, que não sabe o que aconteceu...

Wilder disse:

— Posso imaginar. Demos a volta em Marte duas vezes. Só encontramos um outro homem, chamado Walter Gripp, a cerca de dezesseis mil quilômetros daqui. Oferecemos para trazê-lo conosco, mas ele se recusou. Na última vez que o vimos, estava sentado no meio da estrada em uma cadeira de balanço, fumando cachimbo, acenando para nós. Marte está praticamente todo morto, não há nem um marciano vivo. E a Terra?

— O senhor sabe tanto quanto eu. De vez em quando consigo captar o rádio da Terra, bem fraco. Mas é sempre em alguma outra língua. Sinto dizer que só sei falar latim. Entendo algumas palavras. Parece que a maior parte da Terra está em ruínas, mas a guerra continua. O senhor está voltando para lá?

— Sim. Estamos curiosos, claro. Não tivemos nenhum contato por rádio, por estarmos muito longe no espaço. Vamos querer ver a Terra, de qualquer maneira.

— O senhor nos leva junto?

O capitão mostrou-se surpreso.

— Claro, a sua mulher, eu me lembro dela. Foi há vinte e cinco anos, não? Quando inauguraram a Primeira Cidade, você largou a força espacial e a trouxe para cá. E tinha também seus filhos...

— Meu filho e duas filhas.

— Sim, lembro-me. Eles estão aqui?

— Lá na nossa cabana. Tem um ótimo café da manhã à espera de todos vocês lá em cima da colina. Vocês me acompanham?

— Ficaremos honrados, senhor Hathaway.

Então, o capitão Wilder gritou para o foguete:

— Abandonar a nave!

* * *

Subiram a colina, Hathaway e o capitão Wilder, os vinte membros da tripulação atrás, respirando fundo o ar rarefeito e frio da manhã. O Sol se ergueu e aquele foi um belo dia.

— O senhor se lembra do Spender, capitão?

— Nunca me esqueci dele.

— Mais ou menos uma vez por ano visito o túmulo dele. Parece que, afinal, ele conseguiu o que desejava. Ele não queria que viéssemos aqui, e acho que agora deve estar feliz, por todo mundo ter ido embora.

— E o... qual era o nome dele? ... Parkhill, Sam Parkhill?

— Abriu uma barraquinha de cachorro-quente.

— Parece mesmo a *cara* dele.

— Voltou para a Terra na semana seguinte ao início da guerra. — Hathaway colocou a mão no peito e sentou-se abruptamente em uma pedra. — Desculpe-me. É a animação. Vê-lo depois de todos estes anos. Preciso descansar. — Sentiu o coração bater forte. Contou as batidas. Estava muito mal.

— Temos um médico — disse Wilder. — Desculpe, Hathaway, sei que você também é médico, mas é melhor que o nosso dê uma olhada em você...

O médico foi chamado.

— Vou ficar bem — Hathaway insistiu. — A espera, tanta animação. — Mal conseguia respirar. Seus lábios estavam azulados. — Sabe — disse quando o médico colocou um estetoscópio em seu peito —, é como se eu tivesse ficado vivo todo esse tempo só esperando por este dia, e agora vocês estão aqui para me levar de volta para a Terra, e me sinto satisfeito e posso simplesmente me deitar e desistir da ideia.

— Pronto. — O médico entregou-lhe uma pílula amarela. — É melhor você descansar.

— Bobagem. Só preciso me sentar um instante. É bom ver todos vocês. É bom ouvir vozes diferentes de novo.

— A pílula está funcionando?

— Muito bem. Vamos lá!

Subiram a colina.

— Alice, venha ver quem está aqui!

Hathaway fez uma careta e enfiou a cabeça na cabana.

— Alice, você ouviu?

A mulher apareceu. Um instante depois, vieram as duas filhas, altas e graciosas, seguidas pelo filho, ainda mais alto.

— Alice, lembra-se do capitão Wilder?

Ela hesitou e ficou olhando para Hathaway como se estivesse à espera de instruções, e então sorriu.

— Claro que sim. Capitão Wilder!

— Lembro-me de que jantamos juntos na noite anterior à minha partida para Júpiter, senhora Hathaway.

Ela apertou a mão dele com animação.

— Minhas filhas, Marguerite e Susan. Meu filho, John. Você certamente se lembra do capitão, não?

Trocaram apertos de mão, entre muitas risadas e conversas.

O capitão Wilder cheirou o ar.

— Será que é *pão de gengibre*?

— O senhor quer um pouco?

Todo mundo começou a se movimentar. Mesas de armar foram montadas com pressa enquanto a comida quente ia chegando e os pratos, talheres e lindos guardanapos cor de damasco eram arranjados. O capitão Wilder olhou primeiro para a senhora Hathaway, em seguida para o filho dela e depois para suas duas filhas altas, que se moviam em silêncio. Olhava para o rosto delas enquanto se movimentavam de um lado para o outro e acompanhava suas mãos jovens e todas as expressões de seus rostos lisos. Sentou-se em uma cadeira trazida pelo rapaz.

— Quantos anos você tem, John?

O rapaz respondeu:

— Vinte e três.

Wilder equilibrava os talheres de maneira desajeitada. Seu rosto de repente empalideceu. O tripulante ao seu lado sussurrou:

— Capitão Wilder, não pode estar certo.

O filho se afastou para trazer mais cadeiras.

— O que foi que você disse, Williamson?

— Estou com quarenta e três anos, capitão. Estudei com o jovem John Hathaway, há vinte anos. Ele diz que está com vinte e três anos agora; e ele *parece* ter só vinte e três anos. Mas está errado. Ele deveria ter, pelo menos, quarenta e dois. O que isso significa, senhor?

— Não sei.

— O senhor parece meio enjoado.

— Não estou me sentindo bem. As filhas também, eu as vi há mais ou menos vinte anos, e elas não mudaram nada. Será que você me faz um favor? Faça algo para mim, Williamson. Vou dizer-le aonde ir e o que examinar. Daqui a pouco, saia sem ser visto. Não demorará mais de dez minutos. O lugar não fica longe daqui. Vi do foguete quando pousamos.

— Então, o que é que vocês estão conversando com tanta seriedade? — A senhora Hathaway serviu a sopa com agilidade, enchendo as tigelas deles. — Sorriam agora; estamos todos juntos, a viagem terminou, e é como se estivessem em casa!

— É mesmo. — O capitão Wilder riu. — A senhora com certeza parece muito bem e muito jovem, senhora Hathaway!

— Mas que homem mais gentil!

Ele a observou enquanto ela se afastava, o rosto rosado e caloroso, liso como um pêssego, sem rugas e corado. Sua risada tilintava a cada piada, temperava saladas com precisão, sem nunca parar para tomar fôlego. E o filho ossudo e as filhas cheias de curvas eram muito espirituosos, como o pai, falando a respeito dos longos anos e de sua vida secreta, enquanto o pai fazia sinais com a cabeça para todos, orgulhoso.

Williamson saiu montanha abaixo.

— Aonde é que *ele* está indo? — perguntou Hathaway.

— Vai dar uma olhada no foguete — respondeu Wilder. — Mas, como ia dizendo, Hathaway, não tem nada em Júpiter, absolutamente nada para os homens. E o mesmo vale para Saturno e para Plutão. — Wilder falava de maneira mecânica, sem ouvir as próprias palavras, pensando só em Williamson correndo colina abaixo e voltando para contar-lhe o que tinha visto.

— Obrigado. — Marguerite Hathaway estava enchendo o copo de água dele. Impulsivamente, tocou-lhe o braço. Ela nem se importou. Sua pele era quente e macia.

Hathaway, do outro lado da mesa, fez várias pausas, colocou a mão no peito, de modo doloroso, então continuou ouvindo a conversa sussurrante e o tagarelar alto, olhando de vez em quando com preocupação para Wilder, que parecia não estar gostando do seu pão de gengibre.

Williamson voltou. Sentou-se e ficou remexendo a comida até que o capitão pôde cochichar, de lado:

— E então?

— Achei, senhor.

— E?

O rosto de Williamson estava branco. Manteve os olhos nas pessoas risonhas. As filhas sorriam sérias e o filho contava uma piada. Williamson disse:

— Fui até o cemitério.

— As quatro cruzes estavam lá?

— As quatro cruzes estavam lá, senhor. Os nomes ainda estavam nelas. Anotei para não me enganar. — Leu de um pedaço de papel branco: — Alice, Marguerite, Susan e John Hathaway. Mortos por um vírus desconhecido. Julho de 2007.

— Obrigado, Williamson. — Wilder fechou os olhos.

— Há dezenove anos, senhor — a mão de Williamson tremia.

— Sim.

— Então, quem são *estes*?!

— Não sei.

— O que o senhor vai fazer?

— Também não sei.

— Vamos contar para os outros?

— Mais tarde. Continue comendo como se nada tivesse acontecido.

— Não estou com muita fome, senhor.

A refeição terminou com o vinho trazido do foguete. Hathaway se levantou.

— Um brinde a todos vocês; é bom estar entre amigos mais uma vez. E à minha mulher e aos meus filhos, sem os quais não teria sobrevivido sozinho. Foi só por causa do seu carinho e cuidados que consegui seguir em frente, esperando pela sua chegada. — Movimentou a taça de vinho na direção da família, que olhou para ele meio envergonhada, afinal abaixando os olhos quando todos começaram a beber.

Hathaway bebeu todo o seu vinho. Não gritou ao cair para a frente por cima da mesa e escorregar para o chão. Vários homens ajudaram a deitá-lo. O médico inclinou-se sobre ele e o auscultou. Wilder pegou no ombro do médico. O médico ergueu os olhos e sacudiu a cabeça. Wilder se ajoelhou e pegou na mão do velho.

— Wilder? — mal dava para escutar a voz de Hathaway. — Estraguei o café da manhã.

— Quanta bobagem.

— Diga adeus a Alice e às crianças para mim.

— Só um instante, vou chamá-los.

— Não, não, não faça isto! — engasgou Hathaway. — Eles não vão compreender. Não quero que eles compreendam. Não faça isto!

Wilder não se mexeu.

Hathaway estava morto.

Wilder esperou um bom tempo. Então, levantou-se e se afastou do grupo estupefato ao redor de Hathaway. Foi até Alice Hathaway, olhou em seu rosto e perguntou:

— Sabe o que acabou de acontecer?

— Alguma coisa com o meu marido?

— Ele acabou de falecer; foi o coração — disse Wilder, observando a mulher.

— Sinto muito — ela disse.

— Como se sente? — ele perguntou.

— Ele não queria que nos sentíssemos mal. Ele nos disse que aconteceria algum dia e não queria que chorássemos. Ele não nos ensinou a chorar, sabe? Ele não queria que soubéssemos. Disse que era a pior coisa que podia acontecer com um homem que sabe o que é se sentir solitário e sabe o que é se sentir triste a ponto de chorar. Então, não devemos saber o que é sentir tristeza nem chorar.

Wilder olhou para as mãos dela, as mãos suaves e calorosas, as unhas bem tratadas e os punhos delgados. Observou seu pescoço fino, macio, branco, e seus olhos inteligentes. Afinal, disse:

— O senhor Hathaway fez um ótimo trabalho com a senhora e seus filhos.

— Ele gostaria muito de ouvir o senhor dizendo isto. Ele tinha tanto orgulho de nós... Depois de algum tempo, até se esqueceu de que tinha nos montado. No final, nos amava tanto quanto a mulher e os filhos de verdade. E, de certo modo, é o que *somos*.

— Vocês lhe deram uma boa dose de conforto.

— Sim, durante anos a fio nos reuníamos para conversar. Ele gostava tanto de falar... Ele gostava da cabana de pedra e da fogueira de lenha. Poderíamos viver em uma casa normal na cidade, mas ele gostava daqui, onde podia ser primitivo ou moderno, se quisesse. Ele me contou tudo a respeito de seu laboratório e das coisas que fazia nele. Montou uma rede de alto-falantes em toda a cidade americana morta lá embaixo. Quando apertava um botão, a cidade se iluminava e fazia ruídos, como se dez mil pessoas vivessem lá. Havia ruídos de avião, carros e o som de gente conversando. Ele se sentava, acendia um charuto e conversava conosco, e os ruídos da cidade chegavam até nós, e de vez em quando o telefone tocava e uma voz gravada fazia perguntas sobre ciência e cirurgia ao senhor Hathaway, e ele as respondia. Com o telefone tocando, nós aqui, o ruído da cidade e o charuto dele, o senhor Hathaway era bem feliz. Mas só não conseguiu uma coisa — ela disse. — Que envelhecêssemos. Ele envelhecia todos os dias, mas nós continuávamos iguais. Acho que não ligava. Acho que nos queria assim.

— Vamos enterrá-lo no cemitério, onde estão as outras quatro cruzes. Creio que ele apreciaria.

Ela segurou o punho dele, de leve.

— Tenho certeza que sim.

Ordens foram dadas. A família seguiu a pequena procissão colina abaixo. Dois homens carregaram Hathaway em uma maca coberta. Passaram pela cabana de pedra e pelo galpão de depósito onde Hathaway, muitos anos antes, tinha começado seu trabalho. Wilder fez uma pausa na porta da oficina.

Como seria, ficou imaginando, viver em um planeta com a mulher e três filhos, e vê-los morrer, deixando-o sozinho com o vento e o silêncio? O que se podia fazer? Enterrá-los no cemitério e então voltar para a oficina, onde, com todo o poder da mente, usando a memória, a habilidade dos dedos e a genialidade, montar, pedaço por pedaço, todas aquelas coisas que eram mulher, filho, filhas. Com uma cidade americana inteira lá embaixo, da qual tirar os suprimentos necessários, um homem brilhante conseguiria fazer qualquer coisa.

O som dos passos deles foi abafado pela areia. No cemitério, quando chegaram, dois homens já cavavam a areia.

Voltaram para o foguete no fim da tarde.

Williamson fez um sinal com a cabeça para a cabana de pedra.

— O que faremos com *eles*?

— Não sei — respondeu o capitão.

— O senhor vai desligá-los?

— Desligar? — O capitão pareceu levemente surpreso. — Nunca tinha pensado nisso.

— Não vai levá-los conosco?

— Não, seria inútil.

— O senhor está dizendo que vai deixá-los aqui, *assim*, do jeito que *estão*!?

O capitão entregou uma pistola a Williamson.

— Se você puder dar um jeito na situação... Eu não consigo.

Cinco minutos depois, Williamson voltou da cabana, suando.

— Aqui está, pegue sua arma, agora entendi o que o senhor

quis dizer. Entrei na cabana com a pistola. Uma das filhas sorriu para mim. Os outros fizeram o mesmo. A mulher me ofereceu uma xícara de chá. Meu Deus, seria assassinato!

Wilder assentiu com a cabeça.

— Nunca existirá novamente algo tão perfeito quanto eles. Foram construídos para durar dez, cinquenta, duzentos anos. Têm tanto direito à... à vida quanto você, eu ou qualquer um de nós.

— Bateu o cachimbo. — Bom, subam a bordo. Vamos partir. Esta cidade já não nos serve, não podemos aproveitá-la.

O dia estava escurecendo. Um vento frio se erguia. Os homens embarcaram. O capitão hesitou. Williamson disse:

— Não me diga que o senhor vai voltar para se despedir... deles?

O capitão olhou para ele com frieza.

— Não é da sua conta.

Wilder caminhou rapidamente até a cabana, através do vento escuro. Os homens no foguete viram sua sombra se demorar na porta da cabana de pedra. Viram a sombra de uma mulher. Viram o capitão apertar sua mão.

Instantes depois, ele voltou correndo para o foguete.

Nas noites em que o vento sopra sobre o fundo dos mares desertos e através do cemitério hexagonal, por sobre quatro cruzes antigas e uma recente, há uma luz queimando na cabana de pedra. Naquela cabana, enquanto o vento ruge, a poeira dança e as estrelas frias queimam, enxergam-se quatro silhuetas, uma mulher, duas filhas, um filho, cuidando, sem motivo, de uma fogueira fraca, conversando e rindo.

Noite após noite, todo ano e todo ano, sem motivo algum, a

mulher sai e olha para o céu durante um longo tempo. Com os braços erguidos, observa a chama verde da Terra, sem saber por quê. Depois, volta para dentro, joga um graveto no fogo, e o vento continua soprando, e o mar morto continua morto.

AGOSTO DE 2026

CHUVAS LEVES VIRÃO*

Na sala, o relógio falante cantou: Tique-taque, sete horas, hora de acordar, hora de acordar, sete horas!, como se achasse que ninguém se levantaria.

A casa matutina estava vazia. O relógio continuava a marcar as horas, repetindo sua ladainha no vazio: *Sete e nove, hora do café da manhã, sete e nove!*

Na cozinha, o fogão de café da manhã soltou um suspiro em forma de chiado e ejetou de seu interior oito torradas perfeitas, oito ovos com a gema mole, dezesseis fatias de bacon, dois cafés e dois copos de leite gelado.

— Hoje é 4 de agosto de 2026 — disse uma segunda voz, vinda do teto da cozinha — na cidade de Allendale, Califórnia. — Repetiu a data três vezes, em benefício da memória. — Hoje é o aniversário do senhor Featherstone. Hoje é o aniversário de casamento da Tilita. É dia de pagar o seguro, a água, o gás e a energia elétrica.

Em algum lugar na parede, interruptores estalaram, fitas de memória deslizaram sob olhos elétricos.

* Copyright © 1958 by Crowell-Collier Publishing Company.

Oito e um, tique-taque, oito e um, hora de ir para a escola, para o trabalho, rápido, rápido, oito e um! Mas nenhuma porta bateu, nenhum tapete recebeu as pisadas suaves de saltos de borracha. Chovia lá fora. A caixa climática da porta da frente cantava baixinho:
Chuva, chuva, vá embora; galochas, capas de chuva para hoje...,
e a chuva tamborilava na casa vazia, fazendo eco.

Lá fora, a garagem tocou um sino e ergueu a porta para revelar o carro à espera. Depois de uma longa pausa, a porta abaixou de novo.

Às oito e meia, os ovos estavam murchos e as torradas pareciam pedras. Uma cunha de alumínio jogou tudo para dentro da pia, onde água quente levou os restos embora através de uma garganta de metal, que os digeriu e enviou para o mar distante. A louça suja foi para uma lavadora quente e retornou reluzente e seca.

Nove e quinze, cantou o relógio, *hora da limpeza*.

De reentrâncias na parede, minúsculos ratinhos-robôs saíram às pressas. Os aposentos da casa se encheram com os animaizinhos de limpeza, feitos de borracha e metal. Batiam nas cadeiras, virando as rodinhas peludas que os movimentavam, batendo os tapetes, sugando suavemente a poeira escondida. Então, como invasores misteriosos, voltaram para suas tocas. Seus olhos elétricos rosados se apagaram. A casa estava limpa.

Dez horas. O sol apareceu por trás da chuva. A casa se erguia solitária em uma cidade de destroços e cinzas. Era a única intacta. À noite, a cidade em ruínas irradiava um brilho radioativo que podia ser visto de quilômetros de distância.

Dez e quinze. O sistema de irrigação do jardim começou a soltar borrifos dourados, preenchendo o ar suave da manhã com fragmentos cintilantes. A água respingou nas vidraças, escorrendo pelo lado oeste da casa, chamuscado, onde toda a tinta branca tinha descascado. Todo o lado oeste da construção estava preto, à exceção de cinco manchas. Ali, a silhueta branca de um homem cortando a grama. Ali, como em uma fotografia, uma mulher com o corpo inclinado colhendo flores. Um pouquinho à frente, as imagens queimadas na madeira de um momento titânico, um menininho com as mãos esticadas para o alto; mais acima, a imagem de uma bola lançada e, na frente dele, uma menina, com as mãos estendidas para pegar a bola que nunca caiu.

As cinco manchas de tinta (o homem, a mulher, as crianças, a bola) permaneceram. O resto era uma fina camada chamuscada.

A chuva suave do sistema de irrigação encheu o jardim com luz descendente.

Até aquele dia, a casa tinha mantido seu ritmo muito bem. Perguntava sempre com muito cuidado, "Quem vem lá? Qual é a senha?"; e, ao não obter resposta de raposas solitárias e gatos manhosos, fechara suas janelas e baixara as persianas com um tipo de cuidado típico das velhas senhoras preocupadas com a segurança que se traduzia em uma paranoia mecânica.

A casa tremia a cada ruído. Se um pardal encostava em uma janela, a persiana se erguia de supetão. O passarinho, assustado, fugia voando! Não, nem um passarinho tinha direito de encostar na casa!

A casa era um altar com dez mil serviçais, grandes, pequenos, prestativos, em coro. Mas os deuses tinham ido embora, e o ritual da religião prosseguia sem sentido, sem motivo.

Meio-dia.

Um cachorro ganiu, tremendo, na varanda da frente.

A porta reconheceu a voz do cachorro e se abriu. O cachorro, que anteriormente fora enorme e gordo, agora era só ossos cobertos de feridas. Percorreu toda a casa, deixando rastros de lama. Atrás dele vieram apressados os ratinhos furiosos, bravos por terem de limpar a lama, nervosos com tal inconveniência.

Porque nem um fragmento de folha passava por baixo da porta sem que os painéis das paredes se abrissem e os ratinhos de limpeza de cobre saíssem apressados. A poeira, o pelo ou o papel inconveniente, agarrado pelas mandíbulas de aço em miniatura, era levado com rapidez para as reentrâncias. Ali, através de tubos que desciam até o porão, a sujeira era lançada na abertura chiante de um incinerador, que parecia a boca maldita do inferno em um canto escuro.

O cachorro correu escada acima, latindo histérico em cada porta, percebendo, por fim, assim como a casa percebeu, que ali não havia nada além de silêncio.

Cheirou o ar e arranhou a porta da cozinha. Atrás da porta, o fogão preparava panquecas que encheram o ar com um cheiro delicioso e o perfume do xarope de bordo.

A boca do cachorro espumou, ele se deitou no chão, ofegante, os olhos ardendo. Correu enlouquecido em círculos, mordendo a própria cauda, deu um rodopio frenético e morreu. Ficou estirado na sala durante uma hora.

Duas horas, cantou uma voz.

Finalmente, sentindo a podridão, os regimentos de ratinhos saíram zunindo com tanta suavidade quanto folhas secas sopradas por um vento elétrico.

Duas e quinze.

O cachorro não estava mais lá.

No porão, o incinerador brilhou de repente e um redemoinho de faíscas saiu pela chaminé.

Duas e trinta e cinco.

Mesas de bridge surgiram das paredes do quintal. Cartas de baralho formaram pilhas em uma chuva farfalhante. Martínis se manifestaram em um banco de carvalho com sanduíches de ovo e maionese. Música começou a tocar.

Mas as mesas ficaram em silêncio, e as cartas, intocadas.

Às quatro, as mesas se dobraram como enormes borboletas e voltaram para seus lugares nas paredes.

* * *

Quatro e meia.
As paredes do quarto das crianças reluziram.
Animais tomaram forma: girafas amarelas, leões azuis, antílopes cor-de-rosa, panteras lilases saltitando em substância cristalina. As paredes eram de vidro colorido e cheio de figuras. Filmes escondidos começaram a rodar em engrenagens bem lubrificadas, e as paredes ganharam vida. O chão da sala era tecido, semelhante a um campo ondulante de cereais, onde corriam baratas de alumínio e grilos de ferro. No ar quente e parado, borboletas de tecido vermelho delicado esvoaçavam entre o aroma pungente dos rastros dos animais! Ouviu-se um som igual ao de um enxame de abelhas amarelas dentro de um tronco escuro, o ronronar preguiçoso de um leão. E as passadas de um ocapi e o murmúrio de uma chuva suave sobre a floresta, assim como outros cascos, caindo sobre capim ressecado pelo sol. Então as paredes se dissolveram em planícies longínquas de plantas secas, quilômetro após quilômetro, e um céu quente infinito. Os animais sumiram para dentro de espinheiros e de poços.
Era a hora das crianças.

Cinco horas. A banheira se encheu de água quente translúcida.
Seis, sete, oito horas. A louça do jantar surgiu como em um truque de mágica, e, no escritório, um estalo. No suporte de metal na frente da lareira, onde um fogo queimava aconchegante, um charuto apareceu, com um centímetro de cinza macia na ponta, fumegando, esperando.
Nove horas. As camas aqueceram seus circuitos ocultos, porque as noites ali eram frias.

Nove e cinco. Uma voz falou do teto do escritório:

— Senhora McClellan, que poema gostaria de ouvir nesta noite?

A casa permaneceu em silêncio.

A voz terminou por dizer:

— Já que a senhora não expressou nenhuma preferência, selecionarei um poema aleatoriamente. — Uma música suave se ergueu para fazer fundo para a voz. — Sara Teasdale. Se bem me lembro, é sua preferida...

> *"There will come soft rains and the smell of the ground,*
> *And swallows circling with their shimmering sound;*
>
> *And frogs in the pools singing at night,*
> *And wild plum trees in tremulous white;*
>
> *Robins will wear their feathery fire,*
> *Whistling their whims on a low fence-wire;*
>
> *And not one will know of the war, not one*
> *Will care at last when it is done.*
>
> *Not one would mind, neither bird nor tree,*
> *If mankind perished utterly;*
>
> *And Spring herself, when she woke at dawn*
> *Would scarcely know that we were gone."* *

---

* Tradução livre: "Chuvas leves e o cheiro da terra virão,/ E as andorinhas rodeando com seu ruído trêmulo;// E sapos nas lagoas cantando à noite,/ E ameixeiras selvagens em branco tremelicante;// Tordos vestirão sua penugem de fogo/ Assobiando seus caprichos em uma cerca baixa de arame;// E ninguém vai ter consciência da guerra, ninguém/ Vai se importar quando ela finalmente tiver terminado.// Ninguém vai se importar, nenhum passarinho e nenhuma árvore,/ Se a humanidade pereceu por completo;// E a própria Primavera, quando despertar ao amanhecer/ Mal saberá que não estávamos mais lá". (N. T.)

O fogo ardia na lareira de pedra e o charuto desabava em um montinho de cinzas em sua bandeja. As cadeiras vazias ficavam frente a frente entre as paredes silenciosas, e a música tocava.

Às dez, a casa começou a morrer.
O vento soprou. Um galho de árvore atravessou a janela da cozinha. O frasco de solvente de limpeza espalhou-se todo por cima do fogão. O aposento se incendiou em um instante!
— Fogo! — gritou uma voz. As luzes da casa piscaram, bombas fizeram jorrar água do teto. Mas o solvente se espalhou pelo piso de linóleo, serpenteando por baixo da porta da cozinha, enquanto as vozes faziam coro: "Fogo, fogo, fogo!".
A casa tentou se salvar. Portas se fecharam muito bem, mas as janelas quebraram com o calor e o vento soprou e sugou o fogo.
A casa cedeu terreno quando o fogo, em dez bilhões de faíscas nervosas, foi se movendo com facilidade de um aposento ao outro e então subiu as escadas. Ao mesmo tempo, lépidos ratinhos de água guinchavam das paredes, esguichando e correndo para buscar mais água. E os extintores das paredes soltavam jatos de chuva mecânica.
Mas já era tarde demais. Em algum lugar, com um suspiro, uma bomba deu um tranco e parou. A chuva parou. A reserva de água que tinha enchido banheiras e lavado louças durante tantos dias silenciosos tinha acabado.
O fogo estalou escada acima. Alimentou-se de Picassos e de Matisses nos corredores de cima, como guloseimas, cozinhando a tinta a óleo consistente, fritando com ternura as telas e transformando-as em fiapos negros.
Então o fogo deitou-se nas camas, ergueu-se nas janelas, mudou a cor dos lençóis!

Subitamente chegaram os reforços.

De alçapões do sótão, rostos cegos de robôs espiaram com bocas de torneira jorrando um produto químico esverdeado.

O fogo recuou, como até um elefante recuaria ao avistar uma cobra morta. Então vinte cobras começaram a se retorcer pelo chão, matando o fogo com um veneno claro e frio de espuma verde.

Mas o fogo era inteligente. Tinha enviado chamas para o lado de fora da casa, subindo pelo sótão, até as bombas instaladas lá. Uma explosão! O cérebro do sótão, que controlava as bombas, se despedaçou em estilhaços de bronze sobre as vigas.

O fogo se apressou para entrar em todos os armários, apalpou as roupas e resolveu ficar por lá.

A casa estremeceu, viga por viga de carvalho, seu esqueleto nu foi se entregando ao calor, suas fiações, seus nervos revelados como se um cirurgião tivesse lhe arrancado a pele para que as veias e os capilares vermelhos se agitassem no ar escaldante. Socorro, socorro! Fogo! Corram, corram! O calor estilhaçava espelhos como gelo quebradiço do inverno. E as vozes gritavam "Fogo, fogo, corram, corram", como uma rima infantil trágica, uma dúzia de vozes, altas, baixas, como crianças morrendo em uma floresta, sozinhas, sozinhas. E as vozes iam desaparecendo conforme a fiação saltava de seu invólucro, como castanhas quentes. Um, dois, três, quatro, cinco vozes morreram.

No quarto das crianças, a selva se incendiou. Leões azuis rugiram, girafas roxas sucumbiram. As panteras corriam em círculos, mudando de cor, e dez milhões de animais, fugindo do fogo, desapareceram na direção de um rio fumegante...

Dez outras vozes morreram. No último instante, sob a avalanche de fogo, ouviam-se outros coros, indiferentes, anunciando a hora, tocando música, cortando a grama com o cortador de controle remoto, instalando freneticamente um guarda-sol, abrindo e fechando com estrondo a porta da frente, mil coisas acontecendo, como uma relojoaria quando todos os relógios se põem a bater as horas de maneira insana, um atrás do outro, uma cena de confusão maníaca, e, no entanto, com uma unidade. Cantando, gritando, alguns últimos ratinhos de limpeza correndo de um lado para o outro corajosamente para levar embora aquelas cinzas pavorosas! E uma voz, com sublime desapreço pela situação, lia poesia em voz alta no escritório em chamas, até que os carretéis de filme se queimaram, até que a fiação sucumbiu e os circuitos pifaram.

O fogo explodiu a casa e ela ruiu, soltando nuvens de fagulhas e de fumaça.

Na cozinha, um instante antes da chuva de fogo e de madeira, era possível ver o fogão preparando cafés da manhã em ritmo psicopata, dez dúzias de ovos, seis pães inteiros de torradas, vinte dúzias de tiras de bacon que, engolidas pelo fogo, fizeram com que o fogão começasse a trabalhar de novo, chiando histericamente!

O estrondo. O sótão caindo sobre a cozinha e a sala. A sala sobre o porão, e o porão sobre as fundações. Freezer, poltrona, fitas de filmes, circuitos, camas e todos os outros esqueletos lançados formando, lá embaixo, uma montanha de destroços.

Fumaça e silêncio. Uma enorme quantidade de fumaça.

O amanhecer apareceu fraco do lado leste. Entre as ruínas, uma parede se erguia solitária. Dentro da parede, uma última voz repetia, sem parar, mesmo depois que o Sol se ergueu e brilhou sobre a pilha de escombros e fumaça.

— Hoje é 5 de agosto de 2026, hoje é 5 de agosto de 2026, hoje é...

OUTUBRO DE 2026

O PIQUENIQUE DE UM MILHÃO DE ANOS

De algum modo, a ideia tinha sido proposta pela mãe: Será que a família não gostaria de sair para pescar? Mas aquelas não eram as palavras da mãe; disso Timothy sabia. Eram as palavras do pai, e a mãe, por algum motivo, usou-as no lugar dele.

O pai mexeu um montinho de pedregulhos marcianos com os pés e concordou. Então, imediatamente, formou-se um tumulto, ouviram-se gritos e, com muita rapidez, o acampamento foi enfiado em cápsulas e contêineres, a mãe vestiu um macacão de viagem e uma blusa, o pai encheu o cachimbo com mãos trêmulas, os olhos no céu marciano, e os três garotos se apertaram, aos gritos, na lancha, sem olhar muito para a mãe e o pai, à exceção de Timothy.

O pai apertou um botão. A lancha enviou um zumbido em direção ao céu. A água ebuliu, o barco seguiu em frente, e a família gritou:

— Viva!

Timothy sentou-se na traseira do barco com o pai, os dedinhos em cima dos dedos peludos do pai, observando o canal fazer curvas, deixando para trás o lugar em ruínas onde tinha pousado com seu pequeno foguete familiar que tinha vindo da Terra. Ele se lembrava da noite anterior à partida deles da Terra, a agitação e a pressa para entrar no foguete que o pai tinha encontrado em algum lugar, de algum jeito, e a conversa das férias em Marte. Um lugar bem longe para passar as férias, mas Timothy não disse nada por causa dos irmãos mais novos. Chegaram a Marte e então, a primeira coisa que estavam fazendo, ou pelo menos era o que diziam, era ir pescar.

O pai tinha um ar estranho nos olhos enquanto a lancha subia o canal. Um olhar que Timothy não era capaz de desvendar, composto por um brilho forte e talvez um tipo de alívio, formando em seu rosto profundas rugas de risada, não de preocupação nem de choro.

O foguete que esfriava desapareceu em uma curva.

— Até onde vamos? — Robert colocou a mão no canal. Parecia um caranguejinho pulando na água violeta.

O pai exalou.

— Um milhão de anos.

— Caramba — disse Robert.

— Olhem, meninos. — A mãe apontou com seu longo braço macio. — Ali está uma cidade morta.

Olharam com grande ansiedade, a cidade morta estava lá morta só para eles, cochilando no calor do verão feito em Marte por um meteorologista marciano.

E o pai parecia estar satisfeito por ela estar morta.

Tratava-se de um monte inútil de pedras cor-de-rosa dormindo em uma elevação de areia, algumas pilastras tombadas, um altar solitário, e de novo a extensão de areia. Nada mais, por quilômetros. Um deserto branco em volta do canal e um deserto azul em cima dele.

Foi nesse instante que um pássaro alçou voo. Como uma pedra lançada por cima de uma lagoa azul, batendo na superfície, afundando e desaparecendo.

O pai pareceu assustado ao vê-lo.

— Achei que fosse um foguete.

Timothy olhou para o profundo oceano celeste, tentando enxergar a Terra, a guerra, as cidades destruídas e os homens se matando desde o dia em que nascera. Mas não viu nada. A guerra estava bem distante, como duas moscas lutando até a morte em cima do arco principal de uma catedral alta e silenciosa — e tão sem sentido quanto isso.

William Thomas enxugou a testa e sentiu o toque da mão do filho em seu braço, como uma pequena tarântula, alerta. Olhou para o filho com ternura.

— Tudo bem aí, Timmy?

— Tudo, pai.

Timothy ainda não tinha conseguido entender muito bem o que estava acontecendo dentro do vasto mecanismo adulto ao seu lado. O homem com o imenso nariz adunco, queimado de sol, descascando... e os olhos azuis quentes como bolinhas de gude com que se brinca depois da aula no verão, lá na Terra, e as pernas compridas, grossas e robustas, dentro de bermudas largas.

— O que você tanto procura, pai?

— Estava em busca da lógica terrestre, do bom senso, do bom governo, da paz e da responsabilidade.

— Tudo lá em cima?

— Não. Não encontrei. Não existe mais. Talvez nunca mais exista. Talvez tenhamos nos enganado, achando que algum dia existiu.

— Hã?

— Olhem os peixes — disse o pai, apontando.

* * *

Um clamor de sopranos se ergueu dos três meninos quando sacudiram o barco ao estender os pescoços frágeis para olhar. Fizeram *oohs* e *aahs*. Um peixe-anel prateado flutuava ao lado deles, ondulando o corpo e se fechando como uma íris, instantaneamente, ao redor de partículas de comida, para assimilá-las.

O pai também olhou. Sua voz era profunda e pensativa.

— Igual à guerra. A guerra vem nos acompanhando, vê comida, se contrai. Um instante depois... a Terra já era.

— William — disse a mãe.

— Desculpe — respondeu o pai.

Sentaram-se, imóveis, e sentiram a água do canal correr fresca, rápida e cristalina. O único som era o zumbido do motor, o deslizar da água, o sol expandindo o ar.

— Quando vamos ver os marcianos? — gritou Michael.

— Logo, quem sabe — respondeu o pai. — Talvez hoje à noite.

— Ah, mas os marcianos agora são uma raça morta — disse a mãe.

— Não, não são. Vou mostrar alguns marcianos para vocês — disse então o pai.

Timothy debochou daquilo, mas não disse nada. Tudo estava muito esquisito. Férias, pescaria e trocas de olhares.

Os outros meninos já estavam ocupados protegendo os olhos com as mãos e olhando na direção das margens de pedra de meio metro do canal, à procura de marcianos.

— Como eles são? — Michael quis saber.

— Você saberá quando avistar um. — O pai esboçou um sorriso, e Timothy viu uma veia saltada em seu rosto.

A mãe era esguia e delicada, os cabelos dourados trançados no alto da cabeça como uma tiara, e olhos da cor das águas profundas e frescas do canal no lugar em que corriam à sombra, quase roxas, com respingos de âmbar. Era possível enxergar os pensamentos dela nadando em volta de seus olhos, como peixes: alguns coloridos, alguns escuros, alguns rápidos, ligeiros, outros lentos e calmos, e, às vezes, como quando ela olhava para o lugar onde a Terra ficava, eram apenas coloridos. Ela estava sentada na proa do barco, uma das mãos apoiada na borda da lancha, a outra no peito do macacão azul-escuro. E uma linha de pescoço bronzeado aparecia onde a blusa se abria como uma flor branca.

Ficou olhando para a frente tentando ver o que havia ali, e, incapaz de enxergar com bastante clareza, virou-se para trás, na direção do marido. Através dos olhos dele, então refletidos, viu o que havia ali e como ele tinha colocado uma parte dele naquele reflexo, uma firmeza determinada, e então o rosto dela relaxou, e ela aceitou o fato. Voltou a virar-se para a frente, repentinamente ciente do que devia procurar.

Timothy também olhou. Mas a única coisa que viu foi um traçado reto de canal violeta através de um amplo vale raso ladeado por colinas baixas e erodidas, chegando até a borda do céu. E o canal prosseguia sem fim, atravessando cidades que fariam o mesmo barulho de besouros dentro de um crânio se alguém o sacudisse. Uma ou duas centenas de cidades sonhando em dias quentes e em noites frescas de verão...

Tinham percorrido milhões de quilômetros para aquele passeio: para pescar. Mas havia uma arma no foguete. Aquilo eram férias. Mas por que tanta comida, mais do que o suficiente para durar anos e anos, escondida lá atrás, perto do foguete? Férias. Logo atrás do véu das férias havia um rosto que não era de risos, mas sim ossudo e talvez aterrorizante. Timothy não conseguia levantar aquele véu, e os dois outros meninos só estavam preocupados em ter dez e oito anos de idade, respectivamente.

— Nenhum marciano ainda. Que loucura. — Robert apoiou o queixo nas mãos e olhou fixamente para o canal.

O pai trouxera consigo um rádio atômico, preso ao punho. Funcionava segundo um princípio antiquado: quando era encostado nos ossos perto do ouvido, vibrava, cantando ou falando. O pai escutando. Seu rosto parecia seco, quase morto.

Então ele o passou à mãe. Ela ficou boquiaberta.

— O que... — Timothy começou a perguntar, mas não terminou o que queria dizer.

Porque, naquele momento, se ouviram duas explosões titânicas, de arrepiar a medula, que se sobrepuseram sobre si mesmas, seguidas por uma meia dúzia de estouros menores.

Erguendo a cabeça, o pai aumentou a velocidade da lancha imediatamente. O barco deu um pulo, sacudiu e bateu na água. Isso fez com que Robert esquecesse seu medo. Michael gritava de medo e felicidade extática, agarrado à perna da mãe, vendo a água bater no seu nariz em uma torrente molhada.

O pai fez uma curva fechada, diminuiu a velocidade e enfiou a embarcação por baixo de um cais antigo, de pedra em ruínas, que cheirava a carne de caranguejo. O barco bateu no cais com força bastante para lançá-los para a frente, mas ninguém se feriu. O pai já tinha se virado para trás, para ver se as ondulações do canal eram suficientes para mapear o caminho deles até o esconderijo. Linhas de água se espalhavam, passando por cima de pedras, e voltavam para encontrar as seguintes, acalmando-se, banhadas pelo sol. Tudo terminou.

O pai ficou escutando com atenção. Os outros fizeram o mesmo.

A respiração do pai ecoava como punhos batendo contra as pedras molhadas do cais. À sombra, os olhos felinos da mãe observavam o pai em busca de alguma pista a respeito do que fazer.

O pai relaxou e soltou um suspiro, rindo para si mesmo.
— Foi o foguete, claro. Estou sobressaltado. O foguete.
Michael perguntou:
— O que aconteceu, pai, o que aconteceu?
— Ah, nosso foguete explodiu, só isso — respondeu Timothy, tentando aparentar tranquilidade. — Já ouvi foguetes explodindo antes, o nosso simplesmente explodiu.
— Por que explodimos nosso foguete? — perguntou Michael.
— Hein, pai?
— Faz parte da brincadeira, seu bobo! — respondeu Timothy.
— Uma brincadeira! — Michael e Robert adoravam aquela palavra.
— O papai deu um jeito nele para que explodisse e ninguém soubesse onde pousamos nem para onde fomos! Para o caso de alguém vir atrás de nós, entendeu?
— Ah, um segredo!
— Fiquei assustado com meu próprio foguete — admitiu o pai para a mãe. — *Estou* nervoso. É uma besteira achar que outros foguetes virão. A não ser *um*, talvez, se o Edwards e a mulher conseguirem chegar com a nave *deles*.
Colocou o rádio diminuto na orelha de novo. Depois de dois minutos, deixou a mão cair, como quem larga um trapo.
— Afinal, terminou — disse à mãe. — O rádio acabou de sair do feixe atômico. Todas as outras estações do mundo se foram. Nos últimos anos, só tinham sobrado umas poucas. Agora, as ondas sonoras estão completamente silenciosas. E provavelmente continuarão assim.
— Durante quanto tempo? — perguntou Robert.
— Quem sabe... os seus bisnetos vão voltar a ouvi-las — respondeu o pai. Ele permaneceu sentado, e as crianças ficaram presas no meio de seu torpor, derrota, resignação e aceitação.

Afinal, voltou com a lancha para o canal, e prosseguiram na direção que tinham tomado no início.

Estava ficando tarde. O sol já estava se pondo, e uma série de cidades mortas se estendia à frente deles.

O pai falava bem baixo e com muita delicadeza com os filhos. Muitas vezes, no passado, ele tinha sido ríspido, distante e alheio a eles, mas agora os acariciava só com suas palavras e eles perceberam.

— Mike, escolha uma cidade.

— O que, pai?

— Escolha uma cidade, filho. Qualquer uma destas cidades pelas quais estamos passando.

— Tudo bem — respondeu Michael. — Como escolho?

— Escolha aquela de que você mais gostar. Vocês também, Robert e Tim. Escolham a cidade de que vocês mais gostam.

— Quero uma cidade que tenha marcianos — disse Michael.

— Você a terá — disse o pai. — Prometo. — Seus lábios falavam para os filhos, mas os olhos, para a mãe.

Passaram por seis cidades em vinte minutos. O pai não disse nada mais a respeito das explosões; parecia muito mais interessado em se divertir com os filhos, em mantê-los felizes, do que em qualquer outra coisa.

Michael gostou da primeira cidade por que passaram, mas foi vetada porque todos duvidavam de primeiros julgamentos apressados. Da segunda cidade, ninguém gostou. Era um assentamento de homens da Terra, construído em madeira e já apodrecendo, transformando-se em serragem.

Timothy gostou da terceira cidade porque era grande. A quarta e a quinta eram pequenas demais, e a sexta fez todo mundo exclamar, inclusive a mãe, que se juntou ao coro de Vivas, Carambas e Olhe-só-aquilo!

Havia cinquenta ou sessenta estruturas enormes ainda em pé, as ruas estavam empoeiradas, mas eram pavimentadas, e viam-se uma ou duas fontes centrífugas que ainda jorravam água nas praças. Aquela era a única vida: a água saltando ao sol do fim da tarde.

— Esta é a cidade — todos disseram.

O pai virou a lancha para um cais e desceu da embarcação.

— Aqui estamos. Ela é nossa. A partir de agora, é aqui que moramos!

— A partir de agora? — Michael estava incrédulo. Levantou-se, olhando, e então se voltou, piscando, para o lugar onde o foguete estivera. — E o foguete? E Minnesota?

— Veja — disse o pai.

Encostou o radinho na cabeça loura de Michael.

— Ouça.

Michael ouviu.

— Nada — disse.

— Isso mesmo. Nada. Não tem mais nada. Não tem mais Minneapolis, não tem mais foguete nenhum, não tem mais Terra.

Michael examinou a revelação fatal e começou a soluçar.

— Espere um pouco — logo disse o pai. — Estou lhe dando muita coisa em troca, Mike!

— O quê? — Michael segurou as lágrimas, curioso, mas bem preparado para continuar caso a revelação seguinte do pai fosse tão desconcertante quanto a primeira.

— Estou lhe dando esta cidade, Mike. Ela é sua.

— Minha?

— Sua, de Robert e de Timothy, de vocês três, para serem os donos.

Timothy desceu do barco.

— Olhem, caras, é tudo *nosso*! Tudo *isto*! — Estava entrando na brincadeira do pai, entrando totalmente no espírito, e o fazendo muito bem. Mais tarde, depois que tudo tivesse terminado e as coisas se encaixassem em seu lugar, ele poderia sair para ficar sozinho e chorar durante dez minutos. Mas, por enquanto, ainda era um jogo, ainda era um passeio em família, e as crianças precisavam continuar brincando.

Mike desembarcou com Robert. Ajudaram a mãe a descer.

— Tomem cuidado com a sua irmã — disse o pai, e todos só entenderam o que ele estava falando mais tarde.

Saíram correndo pela cidade de pedras cor-de-rosa, cochichando entre si, porque as cidades mortas davam na gente vontade de sussurrar, de admirar o pôr do sol.

— Daqui a uns cinco dias — disse o pai, sério —, voltarei até onde estava o foguete para recolher os alimentos escondidos nas ruínas e trazê-los para cá, procurarei Bert Edwards, a mulher e as filhas dele por lá.

— Filhas? — perguntou Timothy. — Quantas?

— Quatro.

— Já estou vendo que isso vai causar confusão mais tarde. — A mãe balançou a cabeça lentamente.

— Meninas. — Michael fez uma careta, imitando uma antiga estátua marciana. — Meninas.

— Eles também vêm de foguete?

— Sim. Se conseguirem. Os foguetes familiares são feitos para viajar até a Lua, não a Marte. Tivemos sorte de conseguir chegar.

— Onde foi que você arrumou o foguete? — sussurrou Timothy, porque os outros meninos tinham saído correndo à frente.

— Guardei-o. Guardei-o durante vinte anos, Tim. Estava escondido, e torcia para nunca precisar usá-lo. Acho que deveria ter dado o foguete para o governo durante a guerra, mas ficava pensando em Marte...

— E em um piquenique!

— Certo. Isto fica entre nós. Quando vi que tudo estava chegando ao fim na Terra, depois de esperar até o último minuto, fiz as nossas malas. O Bert Edwards também tinha uma nave escondida, mas decidimos que seria mais seguro decolar separadamente, para o caso de alguém tentar nos abater.

— Por que você explodiu o foguete, pai?

— Para nunca mais podermos voltar. E, se algum dos homens maus algum dia vierem para Marte, não saberão que estamos aqui.

— É por isso que você fica olhando para cima o tempo todo?

— Sim. É uma bobagem. Eles não nos seguirão, nunca. Não têm nada com que nos seguir. Só estou tomando um cuidado extremo, só isso.

Michael voltou correndo.

— Esta cidade é mesmo *nossa*, pai?

— O danado do planeta inteiro nos pertence, meninos. O danado do planeta inteiro.

Ficaram lá, Reis do Pedaço, Os Maiorais, Os Senhores de Tudo o Que Enxergavam, Monarcas e Presidentes Insubstituíveis, tentando compreender o que significava possuir um mundo e o real tamanho de um mundo.

A noite caiu rápida na atmosfera rarefeita, e o pai os deixou na praça com a fonte pulsante, foi até o barco e voltou carregando uma pilha de papéis nas mãos grandes.

Formou um monte desajeitado com o papel num antigo pátio e tocou fogo. Para se aquecer, agacharam-se ao redor das chamas e riram. Timothy viu as letrinhas pularem como animais assustados quando as chamas encostavam nelas e as engoliam. Os papéis se enrugaram como a pele de um velho, e a cremação englobou palavras incontáveis.

"TÍTULOS DO GOVERNO; Gráfico de negócios, 1999, Preconceito religioso: uma tese; A ciência da logística; Problemas da

Unidade Panamericana; Relatório da Bolsa de 3 de julho de 1998; O resumo da guerra..."

O pai tinha insistido para que levassem aqueles papéis por essa razão. Ficou lá sentado, colocando-os no fogo, um por um, com satisfação, e explicou aos filhos o que aquilo tudo significava.

— Chegou a hora de explicar algumas coisas a vocês. Acho que não foi justo esconder tantas informações. Não sei se vocês entenderão, mas preciso falar, mesmo que vocês só registrem uma parte.

Deixou uma folha cair no fogo.

— Estou queimando um estilo de vida, da mesma maneira que esse estilo de vida está sendo queimado na Terra neste instante. Perdoem-me por falar igual a um político. Afinal, sou ex-governador, fui honesto e todos me odiavam por causa disso. A vida na Terra nunca conseguiu se concentrar em fazer nada muito bom. A ciência avançou muito à nossa frente, rápido demais, e as pessoas se perderam na loucura mecânica, como crianças inventando coisas bonitas, aparelhos, helicópteros, foguetes; dando ênfase aos objetos errados, dando ênfase às máquinas e não à maneira como fazê-las funcionar. As guerras foram ficando cada vez maiores e terminaram por matar a Terra. É isso que o rádio em silêncio significa. Foi disso que fugimos. Tivemos sorte. Não sobrou mais nenhum foguete. Chegou a hora de vocês saberem que, afinal de contas, esta não é uma viagem de pescaria. Adiei o momento de lhes contar. A Terra terminou. As viagens interplanetárias demorarão séculos para ser retomadas, talvez nunca mais sejam. Mas aquele estilo de vida comprovou estar errado, e se estrangulou com as próprias mãos. Vocês são jovens. Vou dizer-lhes a mesma coisa todos os dias, até que absorvam a informação.

Fez uma pausa para colocar mais papéis no fogo.

— Agora estamos sozinhos. Nós e um punhado de outros que pousarão nos próximos dias. O bastante para recomeçar. O bastante para rejeitar tudo aquilo que acontecia na Terra e iniciar uma nova era...

O fogo crepitou como que para enfatizar o que ele dizia. E então todos os papéis estavam queimados, à exceção de um. Todas as leis e as crenças da Terra foram queimadas e transformadas em pequenas cinzas quentes que logo seriam carregadas pelo vento.

Timothy olhou para a última coisa que o pai jogou no fogo. Era um mapa-múndi, que se enrugou, distorceu no calor e pronto, sumiu como uma borboleta negra. Timothy virou-se para o outro lado.

— Agora vou mostrar-lhes os marcianos — disse o pai. — Venham todos. Aqui, Alice. — Pegou a mão dela.

Michael chorava alto, e o pai o pegou no colo. Caminharam através das ruínas até o canal.

O canal. No dia seguinte ou no próximo, as futuras mulheres deles chegariam em uma lancha, mas ainda não passavam de menininhas risonhas, com o pai e a mãe.

A noite os envolveu e as estrelas surgiram. Mas Timothy não conseguia encontrar a Terra. Já tinha se posto. Aquilo era algo em que se pensar.

Um pássaro noturno piou entre as ruínas quando passaram. O pai disse:

— Sua mãe e eu vamos tentar educá-los. Talvez não seja possível. Espero que seja. Já vimos e aprendemos muita coisa. Planejamos esta viagem há anos, antes de vocês nascerem. Mesmo que não houvesse a guerra, teríamos vindo para Marte, creio, para viver e construir nosso próprio estilo de vida. Demoraria ainda um século até que Marte fosse verdadeiramente envenenado pela civilização da Terra. Mas é claro que...

Chegaram ao canal, comprido, retilíneo, fresco, molhado e que refletia a noite.

— Sempre quis ver um marciano — disse Michael. — Onde eles estão, pai? Você prometeu.

— Ali estão eles — disse o pai, virou Michael e apontou para baixo.

Os marcianos estavam lá. Timothy começou a tremer.

Os marcianos estavam lá, no canal, refletidos na água. Timothy, Michael, Robert, a mãe e o pai.

Da água ondulante, os marcianos ficaram olhando para eles por um longo, longo tempo silencioso...

SOBRE O AUTOR

Ray Douglas Bradbury nasceu em Waukegan, Illinois, Estados Unidos, em 22 de agosto de 1920. O trabalho de seu pai, técnico em instalação de linhas telefônicas, fez a família se deslocar por muitas cidades do país, até se fixar em Los Angeles, Califórnia, em 1934.

Bradbury encerrou os estudos formais em 1938, na Los Angeles High School, mas continuou a estudar como autodidata, enquanto trabalhava como jornaleiro. Estreou na literatura com o conto "Hollerbochens Dilemma", que surgiu num fanzine de ficção científica entre 1938 e 1939. Sua primeira publicação paga, o conto "Pendulum", escrito em parceria com Henry Hasse, apareceu em 1941 na revista *Super Science Stories*. No ano seguinte, escreveu "The Lake", obra com a qual fixou seu estilo de escrever, mesclando ficção científica, terror e suspense. Em 1946, tinha seu primeiro conto incluído no Best American Short Stories, o que se repetiria em 1948 e 1952. Em 1947, casou-se com Marguerite McClure e publicou o livro de contos de terror *Dark Carnival*. Três anos depois, lançou *As crônicas marcianas*, coletânea de 26 contos com a qual consolidou sua carreira de escritor de ficção científica. No ano seguinte, quando também recebeu o Benjamin Franklin Award por seus contos, escreveu *Uma sombra passou por aqui*, adaptado para o cinema por Jack Smight em 1969. O romance *Fahrenheit 451*, que o consagrou mundialmente, foi lançado em 1953 e filmado em 1966 por François Truffaut.

Atuando como roteirista desde 1953, recebeu o Oscar em 1956 pelo roteiro de *Moby Dick*, filme estrelado por Gregory Peck e dirigido por John Huston. Foi agraciado ainda com o Aviation/Space Writer's Association Award pelo melhor artigo sobre o espaço numa revista norte-americana, em 1967; o World Fantasy Award for Lifetime Achievement, em 1977; e o Grand Master Nebula Award (para escritores norte-americanos de ficção científica), em 1988. Em novembro de 2000, a National Book Foundation Medal for Distinguished Contribution to American Letters concedeu-lhe o National Book Awards.

Ray Bradbury morreu no dia 6 de junho de 2012, aos 91 anos, em Los Angeles, Califórnia.

JORGE LUIS BORGES nasceu em Buenos Aires, Argentina, no dia 24 de agosto de 1899. Ensaísta, ficcionista, poeta e tradutor, estudou na Europa de 1914 a 1921, publicando seu primeiro livro, *Fervor de Buenos Aires* (poemas), em 1922. Diretor da Biblioteca Nacional da Argentina de 1955 a 1973, foi professor de literatura inglesa na Universidade de Buenos Aires. Reconhecido como um dos maiores escritores do século XX, faleceu em Genebra, Suíça, no dia 14 de junho de 1986.

Este livro, composto na fonte Fairfield
e paginado por Alves e Miranda Editorial,
foi impresso em Lux Cream 60g/m² na Ricargraf.
São Paulo, Brasil, dezembro de 2024.